我的文学年代

程光炜 著

中国书籍出版社
China Book Press

图书在版编目（CIP）数据

我的文学年代/程光炜著. -- 北京：中国书籍出版社, 2020.12
 ISBN 978-7-5068-8245-3

Ⅰ. ①我… Ⅱ. ①程… Ⅲ. ①中国文学—当代文学—文学史 Ⅳ. ① I209.7

中国版本图书馆 CIP 数据核字 (2020) 第 254342 号

我的文学年代

程光炜　著

图书策划	成晓春　崔付建
责任编辑	李　新
责任印制	孙马飞　马　芝
出版发行	中国书籍出版社
地　　址	北京市丰台区三路居路 97 号（邮编：100073）
电　　话	（010）52257143（总编室）（010）52257140（发行部）
电子邮箱	eo@chinabp.com.cn
经　　销	全国新华书店
印　　刷	阳谷毕升印务有限公司
开　　本	650 毫米 × 940 毫米　1/16
字　　数	185 千字
印　　张	12.75
版　　次	2021 年 2 月第 1 版　　2021 年 2 月第 1 次印刷
书　　号	ISBN 978-7-5068-8245-3
定　　价	45.00 元

版权所有　翻印必究

目 录

【辑 一】

怎样研究新时期文学 / 002

"史诗"和"故事":
在自我的历史能量耗尽后 / 023

历史重释与当代文学 / 044

新时期文学初期的"现代文学传统" / 069

《钟山》与新时期文学 / 077

研究当代文学史之理由 / 090

以历史回溯眼光看"先锋小说" / 099

论作品的寿命 / 110

我们这代人的文学教育 / 122

【辑 二】

整理当代作家研究资料的重要性 / 132
文学批评的"再批评" / 138
当代文学考证中的"感情视角" / 145
小说与网络的关系 / 149
经验的陌生、修正和重建 / 157
《铁道游击队》的历史价值与超越性 / 164

【辑 三】

四十年来文学创作主要经验漫谈 / 168
在改革开放的大视野中看路遥 / 172
回到本乡本土 / 176
读老滕长篇新著《刀兵过》 / 180
心思细密的小说家 / 189
读李学辉的短篇小说 / 192

辑一

我的文学年代

怎样研究新时期文学

当 2019 年新年的钟声敲响的时候，我想，很多文学工作者心中都会萦绕着怎样评价新时期文学四十年的问题。作家、批评家还有众多的文学爱好者，心里都有自己的想法，只是答案千差万别。客观超然的历史评价需要时间来沉淀，更要有学术研究的推进和深入，而且需要"文献学"的辨析和证明。

历史漫长，人生却苦短。新时期文学在 1979 年登场时，我刚二十三岁，它走过四十年，我已六十有余。人生大半岁月都耗费其中，等想做点有益的事情，可惜已进暮年。忆及与这四十年相关联的人与事，不免戚然、黯然和欣然。李泽厚在《中国近代思想史论》"后记"中说："回忆 50 年代初在抗美援朝捐献声中写成谭嗣同研究第一稿时，还在北京大学上一年级，对一切满怀天真幻想；而在 70 年代末不无感慨地草写太平天国时，历史已过去快三十年了。"① 他曾回忆自己的学术生涯："我非常爱

---

① 李泽厚：《中国近代思想史论·后记》，人民出版社，1979，第 488 页。

读那些功力深厚具有长久价值的专题著作，我也羡慕别人考证出几条材料，成为'绝对真理'或集校某部典籍，永远为人引用……据说这才是所谓'真学问'。大概这样便可以'藏之名山，传之后世'了。但我很难产生这种'不朽'打算。"① 种种宏伟计划就在新时期文学急匆匆的脚步中错过，沉下心来做所谓学问的定力，经常受到新思想、新方法和新浪潮的影响干扰。我想，这不是我一人独特的经历、体验。

不容回避的是，新时期文学四十年与我们的大半生高度叠合。这部文学史中的大半作家、批评家，我还都熟悉，虽说不上过从甚密，也不免偶有谋面，相互赠送新作，还会进行某些探讨，例如，这四十年中，究竟有无"文学史上的失踪者"？哪些人可列入其中？又例如，关怀现实人生的文学和关注写作本身的文学，谁对于未来的读者更具启示和意义？一个问题就会牵扯出一百个激切争论、质疑，所谓平心静气地对话，并不存在合适的文化土壤，连一篇公允适当的作家论，也很难平顺地问世，遑论稍微宏大深入的文学史反思了。许多人面对新时期文学四十年时大概都会出现这种尴尬心理。

一、记忆与文学的叠合

对于文学史建构来说，当事人的历史记忆有那么重要吗？

克罗齐特别强调记忆对研究的影响："历史脱离了活凭证并变成编年史以后，就不再是一种精神活动而只是一种事物。"②

---

① 李泽厚：《中国古代思想史论·后记》，人民出版社，1986，第324页。
② ［意］贝奈戴托·克罗齐：《历史学的理论和实际》，傅任敢译，商务印书馆，2005，第9页。

这位历史学家非常肯定记忆在研究活动中的"先在"价值。但在具体研究中，在翻检摊在案头的纷繁材料时，感觉"记忆"是可以在这里被细致地甄别、辨析和讨论的。

80年代对历史的反省和反思，是我们在"文革"后重建精神生活的根本前提。就我的经验来说，我对新时期文学的记忆，是在中国社会不断重构历史记忆的前提下形成的。在阅读作品时，记忆认知明显残留着我年龄的痕迹：刘心武《班主任》（21岁）、徐迟《哥德巴赫猜想》、卢新华《伤痕》（22岁），高晓声《李顺大造屋》、王蒙《夜的眼》、张洁《爱，是不能忘记的》、李剑《"歌德"与"缺德"》、鲁彦周《天云山传奇》、从维熙《大墙下的红玉兰》（23岁），礼平《晚霞消失的时候》、张弦《被爱情遗忘的角落》、靳凡《公开的情书》、谢冕《在新的崛起面前》、章明《令人气闷的"朦胧"》、遇罗锦《一个冬天的童话》、张贤亮《灵与肉》、戴厚英《人啊，人！》、艾青《归来的歌》、汪曾祺《受戒》（24岁）、古华《芙蓉镇》、王安忆《本次列车终点》、张辛欣《在同一地平线上》（25岁）。这种反思式的思维方式，确实深刻影响了我几十年的思想和生活。正如我所追述的："我出生于20世纪50年代中期，从出生到1978年3月考上大学，经历了'文革'、上山下乡和改革开放等一系列重大历史事件。有些事件因为年幼，印象模糊；有些事件，则伴随着自己的成长，比如'文革'、上山下乡和改革开放。这种人生经历，决定了我看世界看问题的方式，对我后来走上学术研究的道路影响甚大。"① 我知道，这是文学作品重构了我的历史记忆，同时

---

① 程光炜：《研究当代文学史之理由》，《名作欣赏》2018年第8期。

又被当作了不容置疑的文学史记忆。

但今天看来，这些记忆是不可靠的。它们总是对对方怀着心照不宣的心机；它们各自为营，自说自话，这很难连接成一个整体。

举例来说，以"感动"为中心的伤痕反思文学的堡垒，三四年后就被鼓吹"回到文学本身"、强调"叙述"的寻根小说和先锋文学所攻破。以历史生活为中心的文学记忆，逊位于以叙述为中心的文学记忆，新潮理论急促、迫切和强势的姿态，经常把你置于不容分辩的境地。因为它总是声言远离历史是非之地，而纯文学则是最充足的理由。在"文学探索"的声浪中，没有人怀疑这种精神生活重构的缺陷，反而以为，新时期文学即将跨上第二个历史台阶。我毫不犹豫地接受了这些作品的影响：阿城《棋王》（28岁），韩少功《文学的根》《爸爸爸》、阿城《文化制约着人类》、马原《冈底斯的诱惑》、刘索拉《你别无选择》、王安忆《小鲍庄》、莫言《透明的红萝卜》、残雪《山上的小屋》（29岁），王蒙《活动变人形》、莫言《红高粱》、王安忆《荒山之恋》《小城之恋》（30岁），余华《十八岁出门远行》《一九八六》、刘恒《伏羲伏羲》、孙甘露《信使之函》、苏童《1934年的逃亡》、洪峰《瀚海》（31岁）。那时我确信无疑，这场"文学革命"将带领新时期文学摆脱政治影响，一劳永逸地实现文学的自主性："先锋小说的登场，对于当代文学来说无疑是一场文学革命，它打破了文学长期沉闷的局面，更新了人们的文学观念，极大地丰富了小说艺术表现的空间。"但我不忘留了一手：放在文学史长河中，上述作品能否进入经典长廊，具有永恒的艺术魅力，"现在评价仍然过早"①。

就在两三年的时间里,怀疑伤痕反思文学、寻根先锋文学的尖锐声音又出现在新时期文学中。"所谓新写实小说,简单地说,就是不同于历史上已有的现实主义,也不同于现代主义'先锋派'文学",它"特别注意现实生活原生形态的还原,真诚直面现实,直面人生"。②"'新写实'作品把人在现实社会里的无奈感表现得相当充分。"因此,"烦恼在'新写实'小说中俯拾皆是,常常成为人物情绪的聚焦点"③。新时期的"'普通人'的形象中其实寄寓着知识分子的人文理想",而对池莉来说,"凡人琐事就是生活的一个块面,作家并没有在这些普通的生活上强加某种历史法则。新时期那个'大写的人',现在萎缩成'小写的人',他们过着自己的生活"。这位作家塑造的普通人形象并不比知识分子形象在历史认识价值上逊色,相反,倒是揭示了结束年代与开始年代的内在关联,这种内在关联性已经无法用"前进"与"倒退"这种简单维度来解释。④1984年后,城市改革启动,以"计件工资""下海经商"为名的新秩序正冲击着旧秩序旧生活,"脑体倒挂"等现象开始亮相历史舞台。这既是知识分子的苦恼之源,也是对伤痕反思、寻根先锋等文学思潮的致命一击。胳膊扭不过大腿,正如文学扭不过现实的巨大车轮。一时间,池莉的《烦恼人生》《太阳出世》、刘震云的《塔铺》《新兵连》《单位》和《一地鸡毛》、方方的《风景》重新整理了我们的历史记忆,它是以

---

① 孟繁华,程光炜:《中国当代文学发展史》,北京大学出版社,2011,第310、314页。
② 《钟山》编辑部:《"新写实小说大联展"卷首语》,《钟山》1989年第3期。
③ 刘纳:《无奈的现实和无奈的小说——也谈"新写实"》,《文学评论》1993年第4期。
④ 陈晓明:《反抗危机:论"新写实"》,《文学评论》1993年第2期。

将伤痕反思文学、寻根先锋文学等记忆谱系挤出去的方式,来到自己的新时期文学现场的。那时候,高物价、借钱抢购日本冰箱等风潮造成的巨大恐慌,使我真的相信了这种"英雄"落魄的社会现实。我还携带着这沮丧历史瞬间的文学记忆,完全臣服了那个非常著名的"零度写作"理论。

由此可见,在我的文学史档案中存放已久的诸多记忆,可谓疑点多多。这让我在拥抱新时期文学四十年的钟声时感到了尴尬。在今天,如果克罗齐还拿"活凭证"这套理论来吓唬我的话,我的回答就是:"不!"因为,我究竟该相信伤痕记忆、寻根先锋记忆,还是新写实记忆呢?这些足以作为"活凭证"的文学记忆,原来是那样的南辕北辙啊!我认为,这些出尔反尔的记忆凭证,在根本上是不具备作为历史研究依据的完整性和严正性的。相较于"文革记忆"的历史完整性,这些记忆还只是福柯所说的图书馆里一堆等待分类整理的散乱的档案材料。

既然"活凭证"是相互怀疑和否定的,是一种"活凭证"对另一种"活凭证"的话语权的争抢,这就意味着文学史对新时期文学的评价和研究,已经进入对各种凭证辨析、甄别和讨论的过程。事实上,就在文学新潮奔腾涌现的过程中,反思的声音已经在文学批评中闪现:"不言而喻,诸方面成功之中,小说本身的成功最为重要。由于缺乏足够的时间距离,目前还很难断言能否从这批小说之中涌现经典之作;预言这批小说具有问鼎诺贝尔文学奖的远大前途,这更像批评家的善良祝愿。"① "1989年以后,整个小说被一种名为'新写实主义'的新潮所垄断",如果用一

---

① 南帆:《新写实主义:叙事的幻觉》,《文艺争鸣》1992 年第 5 期。

种"十年烟云过眼"过滤性的冷静眼光来认识,就会发现"它的名称比它的内容更为重要"①。作者是在说,当历史观察家和批评家的记忆与文学混淆一起无法分辨的时候,对"当事人"和"文学事实"两个不同视角的辨析、甄别和讨论,就成为对文学史研究来说至关重要的话题。

不可否认,我和同时代的作家、批评家们,既是新时期文学四十年的"当事人",同时也是它的"创造者"。作为当事人,当我们在《天云山传奇》里跟着冲破历史禁锢、手捧鲜花的宋薇走向晴岚的墓,却发现墓前站着罗群和周瑜贞,宋薇因此彻底失去爱人罗群这一细节时,会禁不住地流泪了;当我们面对寻根和先锋思潮倡导者宣布与社会主义现实主义断然分裂的姿态时,心灵莫名地激动着;当我们站在英雄主义被取代的时代关口,真心相信一个文学多元的历史开始了。而支持我们相信的,就是埋藏在内心深处的那个"历史装置"——一个因历史伤害而重装的"历史装置"。由此我注意到,"当事人"视角压倒了"文学事实"视角,在支配着新时期四十年的文学史思维方式,当这种思维方式处在一个历史上的最好的时期,处在一个很高的位置上的时候,它就是不容怀疑的了。

二、文学史上的"失踪者"

正因为文学记忆是一场历史运动的结果,它就必然留下了一个个文学的山头,很多人在那里安营扎寨,营造出各不相同的文

---

① 李洁非:《十年烟云过眼——小说潮流亲历录》,《当代作家评论》1993年第1期。

学成规。于是，从不同记忆中生成的挑选机制，便将另外与此无关的作家和作品抛弃在大潮消过去之后的滩头上。我称这些作家和作品，是文学史上的"失踪者"。

伤痕文学、反思文学、寻根小说、先锋文学、新写实小说和新历史小说，都有自己看似合理的挑选机制。它要描述新时期文学不可阻挡的汹涌潮流，更要将历史分成若干个段落，段落史学的发明，是要说明相较于十七年文学和"文革文学"，当代文学出现了巨大的历史进步，它已经与20世纪世界文学全部接轨。历史总是以宣布自己重生和别人死去为满足的，重生与死亡交替的时代，就是典型的转折时代。这种挑选对于文学史来说，就意味着将从大文学史转向小文学史。这就是黑格尔看到的："人是死的神，神是不死的人；对于前者死亡就是生，而生活就是死"，"神圣是那种通过思想而超越了单纯的自然性的提高；单纯自然性是属于死亡的"①，埃斯卡皮则理性地看到文学圈子这种挑选机制的冷酷性："高雅文学的圈子呈现出一环套一环的连续选择的面貌。出版商对作者创作的挑选也限制着书商的挑选。而书商自己又限制着读者的挑选；读者的选择，一方面由书商反映给商业部门，另一方面又让批评界表述出来并加以评论；随后，读者的选择再由审查委员会加以表达和扩大，反过来限制出版商此后的选择方向。结果是，各种可能性呈现于有才能的人面前。"但他指出："这种消极的相互影响将参与者束缚在一个越来越狭小的圈子里。"②

---

① ［德］黑格尔：《哲学史讲演录》第一卷，贺麟，王太庆译，商务印书馆，1996，第317页。

② ［法］罗贝尔·埃斯卡皮：《文学社会学》，于沛选编，浙江人民出版社，1987，第61页。

黑格尔和埃斯卡皮分别从神学和社会学角度指出了文学运动过去后遗留的文学史问题。这对于我们寻找、分辨新时期文学四十年的"失踪者",不失为一个有益的启示。黑格尔把历史演化的段落和过程比喻为"自然的提高",但不认为死去的就不会活着,活着就不会死去,而能对抗自然提高这种所谓规律的,正是"神圣"通过思想对单纯的自然性的"超越"。埃斯卡皮进入文学生产的内部,窥见了文学史挑选机制的秘密,他警告说,这种机制将会使有才能的人和广大读者被束缚在越来越狭小的圈子里。

然而,如果不带任何成见地观察新时期文学四十年,我认为这种急于事功的文学史挑选机制,至少制造了两类文学史上的"失踪者"。一种是相对的失踪者,另一种是绝对的失踪者。前一种是指因个人麻烦、不善文学经营、个性原因或很难归于哪一种文学流派等因素出现的失踪者,例如张弦、郑义、遇罗锦、戴厚英、柯云路、陈建功、肖复兴、李存葆(伤痕反思文学)、刘索拉、徐星、张辛欣(现代派小说)、李锐、李杭育、乌热尔图、何立伟、刘恒(寻根文学)、孙甘露、扎西达娃、陈村(先锋小说)等。后一种是指因卷入文坛争论的失踪者,例如张承志、张炜、王朔,也包括像路遥这种因文学转型而被文学潮流抛弃的作家。

像遇罗锦,年轻研究者意识到,她在文学史上的消失是因为在其身上产生了"坏女人"的淘汰性机制,过早离开文坛也是以这一历史为推手的:"遇罗锦在今天几乎已被文学史和多数读者遗忘,但在新时期之初,她是一个不折不扣的'明星',或许没有哪位女作家所遭遇的升沉起伏比她更剧烈、更富于戏剧性,更让人不可思议了——其人被恶狠狠地斥责为'一个道德堕落的女人'。""遇罗锦的'童话'进行着关于'人性'特别是其中的'私人'的'爱情'的话语言说,受到批判是必然的,而且作家的身份意识、文学文化和政治体制以及国家意识形态密不可分,它们形成了一个有趣的互动,共同描绘了新时期之初的文学地图。"① 由此可见,即使到了新时期,文学界在鼓吹思想解放和个性解放的同时,仍然在强调作家身份的"共同性"。这种新时期文学功能在接收新作者的同时,也在对他们进行严格的挑选,包括把一些人赶出去。

像王朔,当他被人文精神讨论指定为"痞子作家",沉寂十年以后,终于有人出来为他鸣不平了。这位学者不解的是,王朔是"新时期以来中国文坛最具争议的作家之一",海外研究对他的"评价比较高",而国内研究者许多人则低估了他的"价值"。这可能因为,西方一些研究中国社会问题的学者认为王朔小说以"最现实的姿态",叙写了中国社会存在的问题,写出了一代人的精神状态;而他的作品,则"对文化知识有低估倾向"。他"总是不遗余力地嘲笑知识分子",也许是他看到知识分子的缺陷,对他们的人格弱点进行了批评和抨击,最终得罪了那些批评家,引起文学界对于他的普遍反感。② 短时间内评价王朔及其作品对于新时期文学的价值,恐怕还为时过早。因为,对"人文精神讨论"的认真研究还未出炉,与此相关的"二张现象"(张承志、张炜)、"《废都》批判风波"、"《马桥词典》抄袭风波"等等,这些围绕在王朔评价周围的"90年代文学"是非功过,还没有被

---

① 白亮:《"私人感情"与"道义承担"之间的裂隙——由遇罗锦的"童话"看新时期之初作家身份及其功能》,《南方文坛》2008年第3期。

② 葛红兵,王朔:《放下读者,看到文体(对话)》,载《王朔研究资料》,天津人民出版社,2005,第1—6页。

清理、归类和分析。尤其是90年代文学的评价史仍未亮相登场，在我们对这一时期文学思潮、作家作品尚缺乏客观清醒的总体评价的情况下，要想对这位有争议作家做出符合事实的评论，当然存在很大的困难。不过，也有人指出，即使人们对王朔作品有不同看法，但《动物凶猛》依然可以看作是极有历史价值和文学水准的小说："王朔不是一个简单的作家，至少是一个不能再用简单标准去看待的作家。这篇小说非常不简单地写出了大风暴边缘的'街区一角'，写出粗暴年代人们身上残存的一点情。在反映'文革'的小说中，这还是我头遭看到作家用这种叙述方式去塑造复杂独特的少年的形象。"① 对于1950年左右出生的这一代人来说，王朔作品无疑是非常真实地描绘了他们生命中一段独特的"精神史"。②

如果从埃斯卡皮"文学社会学"的角度看，遇罗锦和王朔是那种经批评家决定其命运的作家的类型。在大多数时代的文学生产中，批评家不仅与书商、出版商关系较近，而且会迎合并引导读者趣味。他们拥有什么是"名作家""名作""名著"的决定权。遇罗锦得罪了社会舆论，尤其是王朔直接得罪了批评家，就等于提前葬送了自己文学的命运，这个可能使他们成为新时期文学四十年史上最为冤屈的"失踪者"。埃斯卡皮入木三分地看到了这一点，尽管他认为这是符合文学发展阶段的"规律"的，但仍愤愤不平地替某些恃才傲物或过分天真的作家们打抱不平："若要对文人圈子的图表加以补充的话，就应该列出最后一个联系人：文学批评家。作者们经常不说批评家的好话，而出版商也往往怕他三分。实则批评家既不配享有过多的荣誉，也不是那般卑劣。

---

① 程光炜：《读〈动物凶猛〉》，《文艺争鸣》2014年第4期。
② 王一川：《想象的革命——王朔与王朔主义》，《文艺争鸣》2005年第5期。

文学批评真正的职能在于为读者大众选取样本书。"但他提醒文学批评不是批评家的个人行为,这些批评文字中涌动着时代的风风雨雨,是那个年代文化的最醒目的症候。"在批评家身上,我们可以看到政治、宗教和美学见解的多样化,看到气质的多样化,这一切都酷似同一圈子里的那位读者,而在文化和生活方式上却存在着一致性。""不管是一本好书或是坏书,只要是'批评家提到的',也就是在社会上被那个集团接受的书籍。""由批评家进行的所谓趣味教育,说穿了,仅仅是对能左右有文化教养的读者大众的行为的各种正统思想作出解释而已。"①

如果从黑格尔"神学"的角度看,张承志的"失踪"并不是由批评家单向选择的,反而是他自己决定这么做的。这可能是新时期文学四十年来第一个自觉选择"失踪"的小说家。表面上看,90年代当代文学转型的思潮会暂时把他打下去,但他一直在与新时期文学探索的大部分观点争辩着,他内心和作品力量的强大,使他就像是被长江三峡湍急漩涡和激流不断掩盖,又不断顽强地浮出水面的大大小小的岩石。因此,他的"失踪"是不需要后代研究者"打捞"的,当千折百回的文学潮流发展到一定时候,文学史的总体视野需要他这种作家来支撑的时候,他就会自然地浮出,重新被人们所认识所尊重。所以,黑格尔才会说:"人是死的神,神是不死的人;对于前者死亡就是生,而生活就是死","神圣是那种通过思想而超越了单纯的自然性的提高;单纯自然性是属于死亡的"②。"思想本质上即是思想,它就是自在自觉和永

---

① [法]罗贝尔·埃斯卡皮:《文学社会学》,于沛选编,浙江人民出版社,1987,第60页。
② [德]黑格尔:《哲学史讲演录》第一卷,贺麟、王太庆译,商务印书馆,1996,第317页。

恒的。凡是真的，只包含在思想里面，它并不仅今天或明天为真，而乃是超出一切时间之外，即就它在时间之内来说，它也是真，无时不真的。"① 张承志是考古学出身，他的文学观念来自对历史兴衰现象的长时期的观察和品味，来自他对历史的这种贯穿性的认识基础。

三、好作品与坏作品

正如我在上面指出的，各种记忆的交叉重叠，社会和文学潮汐过去后遗留的失踪者，已经使"好作品"与"坏作品"变得越来越难分辨。打开新时期文学四十年的画卷，这样的例子比比皆是。

我不明白哪一种评论更符合贾平凹《废都》的实际。它甫一问世，立即好评如潮："在当代长篇小说创作中，《废都》是第一部完满实现了向中国古典审美传统回归的作品，所谓的《红楼梦》味儿即由此出。贾平凹用《废都》向现行的一套文艺理论和阅读习惯挑战。这部小说将传统的创作实践抛弃甚远，这是中国小说回归自我的第一声响雷。"② "这种自剖魂灵的勇气构成了作品的最大内力与魅力。因为不再做作、不再雕饰，作品在生活艺术化、艺术生活化上也打通了原有的界限，可读性与可思性也就熔为了一炉。人们从朴茂中读出了深邃，从轻松中读出了沉重，

---

① [德] 黑格尔：《哲学史讲演录》第一卷，贺麟、王太庆译，商务印书馆，1996，第10页。

② 孙见喜整理：《陕西部分专家评价〈废都〉的主要观点》，见：《废都啊，废都》，甘肃人民出版社，1993，第45—46页。

从而借助《废都》这面多棱镜反观自我、认识环境和思索人生。"①

罗毒的批评接踵而来:"赤裸裸的性描写,绝少生命意识、历史含量和社会容量,而仅仅是一种床第之乐的实录;那种生理上的快乐和肉体上的展览使这种实录堕落到某种色情的程度。"②"《废都》的形成,与新闻界、出版界的精妙的宣传与过度的烘托密切相关,但有一点不可否定,该书的流行与书中几乎饱和的性含量也大有关系,它在很大程度上撩拨了读者的阅读愿望,刺激了读者的性幻想。""《废都》既不能撞响衰朽者的丧钟,又不能奏鸣新生者的号角,它所勾画的是一帮无价值,又不创造价值的零余者的幻生与幻灭。"③"问题在于,曾被寄予厚望的80年代中国文学所发生的当代逆转,那些曾以五四新文化传人自命的作家,为什么会在最艰难的关头临阵'反水',这么顺当地就抛掉了'为人生'和'为艺术'的旗帜,而将'传厚黑之奇'的'黑幕','言床第男女之欲'的言情,以及'专以雕琢为工,而连篇累牍无其命意者'之骈文熔为一炉,从而成就一部'旷世之作'《废都》。"④"先是一则捕风捉影的消息称,《废都》稿酬高达一百万元。消息一传出,全国几乎所有文摘版面八方呼应、竞相转发。""接踵而来的是人们都想知道《废都》是怎么样一部作品,于是评论家们纷纷介入了:据贾平凹的朋友

---

① 蔡葵,雷达,白烨:《废都三人谈》,载《废都废谁》,学苑出版社,1993,第135页。
② 尹昌龙:《媚俗而且自娱——谈〈废都〉》,载《废都废谁》,学苑出版社,1993,第241-242页。
③ 田秉锷:《〈废都〉与当代文学精神滑坡》,《徐州师范学院学报》1993年第4期。
④ 韩毓海:《除了脱裤子无险可冒》,载《废都滋味》,河南人民出版社,1993,第53页。

认为,《废都》是一部当代的《红楼梦》,陕西一位评论家读过《废都》的手稿后说,"这是《围城》以来最好的一部写知识分子的长篇小说","让人费解的是,当这些'伟大'的言论出现于传媒时,此时的《废都》还未正式出版呢!"①

同时代的批评竟如此不同,泼脏水的人格侮辱已无文学的文雅。但它们对《废都》研究形成前所未有的压力,在短时间内很难估量。不同批评给出了不同的角度,同时给出了各自批评的理由,研究者难就难在不知该清除哪些路障。多年后我重读《废都》,虽感觉与当年的批评很不相同,但我也无法用自己的阅读经验与其争辩,以更大的力量调整它们已经赐予作品的历史位置。②

2000年后,新一轮批评在营造"平反"的意图:"他确实抓住了某种历史情绪,他显然是为90年代初的现实所触动而又一次偏离了原来的位置,他试图转过来描写城市中的'知识分子'。平心而论,他有历史的敏锐性,90年代初的要害问题之一就是知识分子问题,这是80年代终结的后遗症。"③通过对庄之蝶的出色描写,使读者相信"《废都》一个隐蔽的成就,是让广义的、日常生活层面的社会结构,不是狭义的政治性的,但却是一种广义的政治"。正因如此,"贾平凹也算是自食其果——他大概是中国作家中最长于动员误解的一个",因为,庄之蝶形象的塑造远远超出了批评界对他人生观念的接受限度。不仅他的荒淫无度是无法理解的,连他最后的出走也变得无法理解。"庄之蝶的出

---

① 程德培:《莫非批评界也被"批租"》,《新民晚报》1993年8月12日。
② 上述《废都》评论材料,多引自魏华莹的论文《文变染乎世情——〈废都〉批判"整理研究》,《文艺研究》2013年第2期。
③ 陈晓明:《本土、文化与阉割美学——评从〈废都〉到〈秦腔〉的贾平凹》,《当代作家评论》2006年第3期。

走是他在整部《废都》中作出的最具个人意志的决定",贾平凹批评者常常以托尔斯泰为标尺来指责他。可这位批评家却以令人意外的角度写道:"我猜测,当贾平凹写到火车站上的最后一幕时,他很可能想起了托尔斯泰,这个老人,在万众注目之下,走向心中应许之地,最终也是滞留在一个火车站上。这时,贾平凹或是庄之蝶必是悲从中来,他心中并无应许之地。"正是在与贾宝玉和托尔斯泰"出走"的比较中,作者指出了庄之蝶的困境,他认为这是90年代的文学批评所不理解的地方。① 可强势的"平反"活动为时已晚,历史给作家作品盖上的"红字",不是一两篇文章就能轻易抹去的。

每逢时代的转折点,文学评价标准都会重新洗牌,围绕一个作家或作品产生严重的对立,已经是家常便饭。只可惜曾被看好的作家因此遭殃,新时期文学的发展因此被迫改道,而多年之后,我们才知道当年仓促的改道真不值得。

路遥就是一个典型的例子。

路遥《平凡的世界》第一部寄出后被出版社退稿,拿到《花城》后,也被认为写法陈旧,经历了一波三折的命运。"有一天,路遥打电话让我马上到西安。他说《平凡的世界》第一部作家出版社的一位编辑,在西安人民大厦只看了三分之一就退给他了,说这书不行,不适应时代潮流,属老一套'恋土'派。他没敢问现在的文学潮流是什么。路遥几年来不读当代任何小说和文学评论文章,所以信息不灵。他说咱俩赶快了解一下行情。看现在的文学变成什么样子了。于是我们抢读了十多天书,才发现中国文

---

① 李敬泽:《庄之蝶论》,《当代作家评论》2009年第5期。

坛当时出现了'意识流''魔幻现实主义'。"在新时期文学改道的时候，路遥正为创作这部长篇在陕北深入生活，收集材料，没有注意到"寻根""先锋"等思潮已经是烽火连天。他们惊讶地发现："这种文体就像感冒一样，发展很快。我们有位老乡，在给我和路遥讲这两种写作手法时，说的是一口陕北普通话。路遥说，看来这种写法比较厉害，能把人的口音都改变了。接着，路遥说，难道托尔斯泰、曹雪芹、柳青等等一夜之间就变成了这些小子的学生了吗？这时，我主要阅读苏联当代作家瓦·拉斯普京的一篇理论文章，主题是'珍惜的告别，还是无情的斩断'。路遥看后，激动地说，我真想拥抱这位天才作家，他完全是咱的亲兄弟。"①《平凡的世界》一、二部发表后，刚开始受到社会与文坛的冷落。路遥内心很不平。"②

　　李存葆也是一个80年代初很红的军旅小说家，《高山下的花环》拍成电影公映后，这部作品的名字传遍了全国的大江南北。但随着那场战争的硝烟散去后，一种带着寻根意味的战争小说代替了它的位置。文学批评和文学史，很少再提到这位曾经轰动一时的作家。最近一篇研究文章，又把我们带回到那个文学的现场：陈华积告诉读者，《高山下的花环》是李存葆的小说成名作，也是那个时期最为轰动的战争小说之一，发表于1982年第6期的《十月》杂志上（11月初出版），同期还配发了李存葆关于《花环》

---

　　① 王天乐：《〈平凡的世界〉诞生记》，见榆林路遥文学联谊会编《不平凡的人生》（内部刊印）。在路遥关于《平凡的世界》的长篇创作谈《早晨从中午开始》中，他其实有坚定的信念："至于当时所谓的'现实主义过时论'，更值得商榷。"他相信："现实主义在文学中的表现，绝不仅仅是一个创作方法问题，而主要应该是一种精神。"北京十月文艺出版社，2016，第16、17页。

　　② 李小巴：《留在我记忆中的》，载晓雷、李星编《星的陨落——关于路遥的回忆》，陕西人民出版社，1993，第170页。

的创作谈——《〈高山下的花环〉篇外缀语》，以及《文艺报》主编冯牧写的评论文章《最瑰丽的和最宝贵的——读中篇小说〈高山下的花环〉》。《花环》发表之初就引发了全国性的轰动，掀起了一场空前的阅读高潮①。这篇论文还把我们带回到那个激情燃烧的岁月，深刻触及普通士兵生死存亡之际人性的光辉。"其后，李存葆在采访广西方面参战的部队时有了更多的发现，在他到过的几个单位中，几乎也都发现了欠账的事。这些欠账的烈士，清一色是从农村入伍的。他们有的来自河南，有的来自山东、四川……"②，"有一个党委搞了个统计数，连排干部牺牲后留下欠账单的人所占的比例数相当大。有一个班长，立了二等功，腿打瘸了，成了残疾。当时的规定，战士负伤都不安排，哪里来到哪里去，班长所在地区很贫穷，家中的生活也相当苦，他也欠了点账，复员时拿了点复员费一二百元吧，就把欠账还了一下，最后还该一个人15块钱还不上，按说这个情况应该向组织说一说，最后他就把自己的一套新军装留下来，写了个字条，压在铺底下，说我还有一套新军装留下来，15块钱我还不了啦，用新军装顶啦，请转交给他。"根据这次采访的现场感，他在作品中虚构了一个英雄连长牺牲后，新婚妻子和婆婆千里迢迢从家乡带着欠账单到部队还钱的细节。③正是这个细节，感动了当时的千百万个人。④

可以说路遥、李存葆在新时期文学四十年的被边缘化，有

---

① "当时新华社发了消息，解放军总政治部号召全军学习，教育部、团中央发出联合通知建议中学生在寒假阅读这部优秀作品。李存葆所在的济南部队政治部作出五项决定。张守仁：《我和〈高山下的花环〉》，《美文（上半月）》2005 年第 03 期。

② 李存葆：《〈高山下的花环〉篇外缀语》。

③ 《李存葆同志谈〈高山下的花环〉》，昆明市总工会宣传教育部 1983 年 5 月。

④ 陈华积：《〈高山下的花环〉诞生记》。这是作者 2018 年 6 月在中国人民大学文学院"重返八十年代"课堂上宣读的论文，未刊。

各种各样的原因。文学观念的变化，往往是推动文学发展的主要动力，古今中外的文学都是如此。但是，我们怎样理解最近几年出现的"路遥热"呢？相当丰富和扎实的《年谱》和《传记》不断地出版，长篇有质量的研究论文不断问世，一种更为长远的文学史思考在逐渐形成。这种思考一定程度上构成了对新时期文学四十年的整体反思，它的过分新潮的负面效应，它的改道是否值得，它对许多作家作品的严苛批评是否站得住脚，有些文学公案是否要重新评价，"现实主义文学"是否还会归来？等等，都在成为重新看待和认识新时期文学四十年的一面镜子。这面镜子照出了很多人的面目，照出了很多人的内心世界，也照出了四十年文学漫长曲折的道路。毕竟，一个新时期文学四十年的文学史，仍然只是一个短小的文学史，但这是一个疑点丛生和需要坐下来好好讨论研究一番的有意思的文学史。

四、尾声和结语

新时期文学四十年有很多值得讨论的问题。本文所述，只是其中之一，远远不够丰富和详细。然而即使这样，还是需要提出来供人们来展开研究。这就牵扯到了"怎样研究"的命题。

"记忆与文学的叠合"说的是如何既尊重文学史当事人的历史记忆，又怎样去分辨分析这些记忆，哪些是文学思潮、口号的主观重构，哪些又与个人命运相关，在几种看似不同的记忆中重新认识文学发展规律和局限的问题。

"文学史上的'失踪者'"，是说凡是记忆都具有排他性，而这种功能势必会制造出一些文学史的"失踪者"，黑格尔和埃斯卡皮的解释能够打开问题的新层面，然而，我们又是怎样看到这一问题的？

"'好作品'与'坏作品'"，与前一个"记忆与文学的叠合"的问题相关联，然而侧重点不同。如果说记忆是根据当事人的历史记忆做出的选择，那么好坏作品的判定，则很大程度上是由当时社会思潮及其争论引起的、决定的。但争论双方没有意识到自己就处在时代的转折点，而另外旁观者评论的引入，则正好补充了这一认识死角。这可能是我们在问题准备并不充分的情况下的无奈之举。

下一步可能要进行新时期文学四十年的"文献学"建设。一如梁向阳、王刚的《路遥传》《路遥年谱》，包括陕西当地研究者最近几年陆续出版的路遥研究资料等。① 因为有了前期这么充分、丰富和详细的文献学基础，我们才能从路遥被文学史冷落的地方，重新开始对这位优秀小说家的研究。二如陈华积的《〈高山下的花环〉诞生记》，正由于他对李存葆从一个普通战士走上作家之路，对他为写这部中篇深入战争一线走访干部战士，对他构思和写作作品一波三折的详细叙述，由于有了这么扎实丰富的文献基础，我对"李存葆现象"方有了比较切实的把握，我也相信后续的研究也将随之展开和深入。②

---

① 梁向阳：《路遥传》，人民文学出版社，2017。王刚：《路遥年谱》，北京时代华文书局，2016。

② 实际上不光陈华积一人，中国人民大学文学院的"重返八十年代"课堂，最近两年一直都在做"八十年代文学史料文献"的研究，贡献了不少以文献资料为基础来研究这一时期作家作品的博士生、博士后，还有原帅、于树军、乐绍池、赵天成、吴自强、邢洋、谢尚发、夏天、储云侠、邵部、李屹、黄海飞、王小惠、付立松、樊迎春、刘欣玥、陈锦红、朱明伟等，以及访问学者黄灯、朱华阳、张凡、徐洪军、朱云等。

没有文献学为基础的新时期文学四十年研究，可能一直都会停留在"提问题"的阶段，而无法把我们想到的诸多问题变成具体研究，一步步深入下去。当然，不是有了文献学就会一蹴而就的，它们需要搜集，也需要辨析和整理，需要一个去伪存真的麻烦的过程。但这个过程终究是值得的。

2018年7月6日于亚运村

2018年7月8日修改

"史诗"和"故事":
在自我的历史能量耗尽后

一

1979年,中国亟须摆脱思想和经济的贫困,追上世界快速前进的步伐,"从我做起""从现在做起"的口号在青年中盛行,鼓励个人奋斗成为最激动人心的时代符号。在文艺界,则是对"重大题材"创作的怀疑,有些批评,触及对某一时期文艺政策的反思:"文艺必须为无产阶级政治服务"的口号,其"形成有其深刻的历史原因",而且在发挥文艺为革命事业服务的战斗作用和"为艺术而艺术"主张的斗争中,产生了一定的积极作用。但是,随着形势和文艺自身的发展,这一观点逐渐呈现出重大局限,主要是对二者关系理解得过于狭隘,让文艺成为别人的扈从。① 因为将"重大"与"个人"对立起来,这就为"自我"的出场提供了合法的舆论环境。

---

① 中国社会科学院文学所当代文学研究室:《新时期文学六年》,中国社会科学出版社,1985,第72页。

朦胧诗第一个把自我从历史废墟中唤醒,"大我"和"小我"之争,触动的不光是诗歌界的敏感心灵,更是深层触动了千百万人渴望发现和重塑自我的强烈愿望。"我们一时不习惯的东西,未必就是坏东西;我们读得不很懂的诗,未必就是坏诗。"① 路遥的《人生》从小说到电影,一路在那代青年人中飙红,跟它亮出了"我是谁"的个人主义主张有极大的关系。朦胧诗和路遥现象都昙花一现,很快被人遗忘。1984 年,城市改革序幕拉开,大与小、公与私的尖锐矛盾才真正登上历史的舞台。这场改革,为宣扬自我的文学解除了最后一道屏障。

1985 年,表面上是现代派小说、寻根文学和之后的先锋文学登台之年,实际是自我的文学登台之年。自我的文学兵分两路,一路是北京的现代派小说,一路是寻根和先锋文学。现代派写的是城市中实体的自我,寻根和先锋写的是抽象的自我,它们是要告别"重大",自愿成为即将到来的资本时代自我消费的历史先驱。从历史进步的角度看,自我形象确实是资本、消费时代中的文学人物。对每个经历过思想和经济贫困的中国人来说,这一进步总比退回到物质短缺的长期泥沼中要好。经过三十年风雨的洗刷,现代派和先锋小说人物的模糊面目才变得清晰,前者写的是但丁式站在传统社会和现代社会门槛上的人,后者意在表现作者迥异于"重大"的文学观念。徐星的《无主题变奏》、刘索拉的《你别无选择》和《蓝天绿海》、张辛欣的《在同一地平线上》等作品中出现的但丁式的人物,又具有中国 80 年代对自我理解的特殊色彩,故意做出的神经质、敏感,与周围人群格格不入。马

---

① 谢冕:《在新的崛起面前》,《光明日报》1980 年 5 月 7 日。

原、洪峰、余华、残雪、苏童、格非和孙甘露作品中抽象的自我形象,是在探索一种全新的文学观念。"我觉得我所有的创作,都是在努力更加接近真实。我的这个真实,不是生活里的那种真实。""在我的精神里面,我甚至感到有很多东西都太真实了。"①当然,当时中国人的经验里还没有成熟的自我,在文学理论层面上他们是要告别"重大",而在文学手段上则依赖文学阅读中的自我想象和自我满足,因此,我们从徐星《无主题变奏》、余华《十八岁出门远行》和王朔《顽主》中主人公的腔调、姿态和气味,可以毫不费力地一直追寻到塞林格《麦田守望者》那个戴鸭舌帽的人物身上。

曾经被封建意识长期压抑的自我,一跃而为新时期文学的主角。作家毫不讳言这个自我有浓厚的自传色彩,女作家首先扮演了对道德禁忌攻城略地的角色:"张辛欣最善于描写性格倔强、执着于事业的青年知识女性的感情,这之中不能说没有她的自我写照。"②有些作品不一定是个人经历,充满自我想象的色彩,却通过性这个人类最深层的隐秘点和疼痛点,指涉了所有人曾经被剥夺篡改的自我权利:"由于淡化了背景,小说中男女主人公的恋爱过程始终像发生在真空之中,领导、同伴、社会、家庭,并没有对他们直接予以什么干涉,可是,这种痛苦的挣扎,不正是反映了主人公们心灵深处的一种恐惧?""正是在这一点上,王安忆表现出一个现实主义作家的成熟与勇气,她第一次把读者

---

① 余华:《我的真实》,《人民文学》1989年第3期。
② 王绯:《张辛欣小说的内心视境与外在视界——兼论当代女性文学的两个世界》,《文学评论》1986年第3期。

引向他们自身,让他们看到了生命的种种骚动究竟来自何处?"①事实上,塑造这个迥异于过去时代文学主角的最大历史动机,莫过于争取书写自我的权利,莫过于争取什么是文学真实的解释权。也就是说,以前作家是在服从权威文学理论的前提下从事创作的,而现在,他们将自己创造的文学理论,用于指导自己的文学创作:"余华似乎对面临成年的人格转型痛苦特别关切,从《十八岁出门远行》起,多篇小说的无名主人公都是这样一个少年。在《四月三日事件》中,一个男孩儿发现周围所有的人,包括他的父母和他单恋着的女同学,都仇视他,而且用各种方式监视他,迫害他。忧虑使他产生幻觉,但幻觉却被真实所印证,最后现实似乎成了幻觉的产物,而幻觉比现实更为坚实。"②在作品的第十八节,他的四个同学果然来敲门:

> 他思忖了片刻,毅然将门打开,果然是张亮他们站在那里。他们一看到他时都哈哈大笑起来,然后一拥而进。
> 他不动声色。……他说,"我还没刷牙"。说完他立刻惊愕不已,他情不自禁地重复了睡梦中那句话。

鲁迅《狂人日记》通过狂人迫害妄想症,试图推翻"二十四史"的历史真实,来建立五四时期他们那一代人的历史真实,重新掌控对文学真实的解释权。余华这次回到鲁迅的起点,可他做得比鲁迅极端。当然,这是新时期文学关于自我书写的极端例子。

---

① 陈思和:《告别橙色的梦——读王安忆的三部小说》,载《批评与想象》,华东师范大学出版社,2014,第233、234页。
② 赵毅衡:《非语义化的凯旋——细读余华》,《当代作家评论》1991年第2期。

经过几次历史轮回，人们终于能看清楚建立"自我"文学哲学的过程，以及它由浅到深、由表及里的演进轨迹。"右派"作家一代，深受苏联解冻文学和19世纪批判现实主义文学影响，他们把"人的归来"视作文学创作的首要任务。王蒙的《夜的眼》、从维熙的《大墙下的红玉兰》、张贤亮的《绿化树》、高晓声的《李顺大造屋》、鲁彦周的《天云山传奇》，就是典型例子。现代派和先锋一代，受"二战"后美国、法国文学，塞林格、卡夫卡和博尔赫斯，以及弗洛伊德《精神分析学》等的影响，因此，自我将"右派"一代文学书写中的人的社会意识层次，推进到人的潜意识层次，冀望就此轰毁那巨大坚固的文学真实的权威解释学堡垒，把自我的文学哲学的历史纪念碑，最终在当代文学史的版图中树立起来。这就是诗人江河在《纪念碑》中所要表达的这代作家内心里幽微的心绪：

> 我常常想
> 生活应该有一个支点
> 这个支点
> 是一座纪念碑
> ……
> 我想
> 我就是纪念碑
> ……

我们分明看得非常清楚，既然自我的文学哲学建立了起来，所有的历史屏障都被横扫得一干二净，那么到了90年代，"自我"

不仅在作家那里变成普遍的哲学，它也成为文学创作的唯一篇章结构和叙述方式。在女性作家身上，在 60 后作家、70 后作家和 80 后作家身上，都是如此。不会再有人怀疑自我文学书写有什么问题。相反，他们反倒认为如果不这样，将会变成文学创作的很大问题。在这滚滚而来的历史洪流中，只有少数几个从新时期文学中走出来的第一流的作家，能在自我的认识迷雾中得以幸免，他们自觉地把眼光投向亲身经历过的无比宏大的历史事件——"土改""文革""改革开放"等对当代中国的思想面貌影响至深，以至对今天人民观念意识还在发挥着某种作用的这些重大历史事件。70 后作家，尤其是 80 后作家，不曾经历那些大时代，他们所看到的只是自己亲历的小时代。作为"改革开放"前后出生的一代人，确实在生活观念、文学观念和哲学观念上，跟"右派"一代、知青一代、现代派和先锋一代，有了根本的区别。如果说，"改革开放"是一道历史的分水岭，那么站在这道分水岭两边的，是完全不同的两代的作家。

"自我"作为一份文学遗产，被后一代作家全面继承。"自我"成为他们理所当然的一份历史遗产，在潜意识中，它就像一份家族遗产，这是一种天然拥有的权利。这个"故事发生在我爸爸的童年，我的童年里却有它的入口，这或许说明我和爸爸的童年，本来就是连接着的吧。那件事在他的童年里烙下深刻的印记，也必将以某种方式在我的童年中显露出痕迹。那些历史，并不是在我们觉察它们，认出它们的一刻，才来到我们的生命里的。它们一直都在我们的周围"[①]。然而，他们与自我的关系，究竟与上

[①] 张悦然：《茧·后记》，人民文学出版社，2017，第 422 页。

一代人有了根本不同。如果说,"自我"是上代人通过抗争乃至牺牲换来的,那里有数不清的来自真实生活的刻骨铭心的大悲欢。"也许最后的时刻到了／我没有留下遗嘱／只留下笔,给我的母亲／我并不是英雄／在,没有英雄的年代里／我只想做一个人"(北岛:《宣告——给遇罗克烈士》)而这种"自我"的悲剧性含义,是下一代人真正理解得了的吗?所以,下一代人则是在安稳的承平年代的继承。这个"自我"里已经没有了那么多人带血的呐喊,虽然他们努力从陈旧历史痕迹中捕捉痛苦的律动,希望把它嫁接到自己的历史记忆中来。于是,除少数有家史记忆的青年作家还珍惜这些历史的声音之外,更多的年轻人,已经把自我当作日复一日的日常琐碎生活。他们在意的是,自己在这日常生活当中的个人权利,那是无关痛痒的小烦恼、小确幸和小清新,而并非风暴卷来时的灵魂的恐惧,也并非"最后的时刻到了",那种心底的悲凉。

有一篇小说,写姐妹俩在孩提时代,一个得宠,一个被父母冷落。长大后,被冷落的考上名牌大学,在大都市过上物质丰盈的中产生活;得宠那位则变成投靠姊妹的打工仔,婚姻也不如意,产后投水自杀。这些七七八八的小故事,如果单看这一篇小说,是非常精彩的,情节跌宕,人物经历离奇,也有精练简约的语言叙述。但假如放在很多这类小说中,便使人感到乏味,因为这般叙述小人物日常生活烦恼故事的作品,都同样情节跌宕,故事离奇,千篇一律。还有一篇小说,写一对青年农民夫妻,进城后不愿吃苦,便在网上"钓鱼"。他们租住一个简陋小屋,晚上睡觉,白天寻找猎物。二人假扮兄妹,丈夫以清纯女孩儿口吻网约到一个男子,妻子便打扮得风姿绰约地与男子在密林或某房间相会。

眼看要做成好事，这位假兄长便冲过来，敲诈、勒索接踵而来。明眼人一看，就知是在网上搜罗的八卦故事，其中不乏网络编辑虚虚实实的文学加工。在不少作家看来，这就是今天日常生活意义上的"自我"叙事。但这个"自我"没经过文学思想的加工提炼。它不是今天社会生活的真实，是各种网站所叙述的那个真实。这也不是小说应该具有的艺术水准，只是网络水平。很多人会说，如果小说都在这样讲故事，我们还不如去看各种网站好了，那里的故事更加八卦、离奇、丰富和精彩。

作为既读几十年前的小说，也读当下的小说的读者来说，我在两种不同的"自我"叙事的小说中，像是在过两种人生，像是在做一场亦真亦假的长梦。我知道这是历史的轮回。谁都无法避免这种历史命运。如果说，"自我"在前一个时代意味着思想和真理的追求，那么在今天时代，"自我"顶多是一件文化产品。它在各种网站上比比皆是，而现在成为文学创作仓库里的货架，作家很方便将它们拿来，以弥补自己日渐贫乏和枯竭的生活积累。既然"自我"已经从思想和真理，变成了一件被消费的文化产品，那么可以想象，这类产品也会因为它们高度的雷同、模式化，太在意作家与读者之间的消费关系，也已经来到了即将耗尽历史能量的时刻。这一历史时刻，也许正缓步而来。我对读小说之所以感到厌倦，不是我对文学产生了厌倦，而是我对这些貌似文学作品而实则是文化消费产品的小说及其作者感到了厌倦。如果说，张辛欣和余华的"自我"书写里有迷茫，有寻路的心声，那么，在这些宣称是"自我"书写的作品里，我看不到任何寻找人生之路的迷茫、惶惑和心痛。因为，它们都是再寻常不过的百姓故事，作家们，不少都变成了五四文学革命之前那些站在大小街道上讲故事的说书人。

时代一直在进步，可文学却在退步。"自我"的权利终于获得，可关于"自我"的文学表现就在获得的历史时刻几近丧失。这是我们在历史前进中必须咽下的历史苦果，也是需要认清的事实。

不光"右派"一代，知青一代，即使是现代派和先锋一代，都已变成一去不复返的历史。然而我觉得没什么可惜，因为当代文学又开始了另一次的洗牌。

二

在"自我"的历史能量即将耗尽之前，我想到了"史诗"和"故事"这两个概念。

我认为只有从史诗的视角中，才能看到"自我"在新时期文学四十年不断下滑的过程究竟因何，这种趋势对作家未来的创作意味着什么。

坊间常提起卢卡奇的小说"史诗"理论，不过，他的思想灵感来自黑格尔。在《美学》第三卷下册，黑格尔区别了一般史诗和正式史诗的不同，他富有启示性地写道："史诗以叙事为职责，就须用一件动作（情节）的过程为对象，而这一动作在它的情境和广泛的联系上，须使人认识到它是一件与一个民族和一个时代的本身完整的世界密切相关的意义深远的事迹。"相比较一般史诗理论注重于"讲故事"，他有意将正式史诗升华到超越于故事而与民族和时代精神本身的完整高度融合的层面。在他看来，这种完整性，本质上是排斥、鄙视那些零打碎敲的日常琐事及故事叙述的。但黑格尔并不排斥作家对日常生活的关注，不排斥个人的感性存在,而是反对将个人等同于自我,不与民族和时代的全部建立联系的做法。"属于这个整体的一方面是人类精神深处的宗教意识,另一方面是具体的客观存在,即政治生活、家庭生活乃至物质生活的方式,需要和满足需要的手段,史诗把这一切紧密地结合到一些个别人物身上,从而使这一切具有生命,因为对于诗来说,普遍的具有实体性的东西只有作为精神的活生生的体现,才算存在。"因此,"史诗就是一个民族的'传奇故事','书'或'圣经'。""在这个意义上,史诗这种纪念坊简直就是一个民族所特有的意识基础。"[①]

  这四十年,中国人已经在经济和人的观念领域创造了一部雄奇壮丽的民族史诗,却没有产生一部能够描述这部民族史诗的史诗性的小说作品。1985年,当人们热衷现实主义文学向现代派文学的转型,推动文学观念和创作手法的创新时,却没有料想到若干年后,转型也将会陷入"怎么写"和"写什么"的困局和停滞当中。作家们终于明白,此生不能再错过这一历史时机,他们的作品开始以日常生活为视角,重品当年的非凡生活,如金宇澄的《繁花》、严歌苓的《芳华》、林白的《北去来辞》、余华的《第七天》和格非的《春尽江南》等。1985年转型在抛弃"重大题材",抛弃"写什么",转为"怎么写"之后很久,才终于认识到,在面对新时期改革开放四十年这部民族史诗的时候,只顾及"怎么写"是远远不够的,"怎么写"与"写什么"并非是对立的,它还是一种辩证性的关系。没有"写什么",哪来"怎么写"?然而在今天,"怎么写"在作家那里依然作为一股强大的写作惯性

[①] [德国]黑格尔:《美学》第三卷下册,朱光潜译,商务印书馆,1991,第107、108页。

而存在着:"创作这部小说的最早起因",是"因为声音"。"从我有记忆力开始,每当天气阴沉的时候,就能听到"这一百多年的火车的声音,"紧贴着地面,传到我们的村子里,钻进我们的房子,把我们从睡梦中惊醒"。而它就是"小说"的"叙述旋律"①。"那一幕我至今还清清晰晰,他抬起脑袋看我,目光空洞茫然,我惊得半天没说出一句话来。他说的人,就是他的女儿,初中辍学后从老家来西安和手捡破烂的父母仅生活了一年,便被人拐卖了。"于是寻找女儿,成为作品构思的起源。②当然,小说毕竟是小说,并非学术著作,它得有一个属于作者的独特叙述旋律,得有一个故事起源,否则无法开始,那也不是小说。但至关重要的"这四十年"呢?它应该怎么合适地摆进小说中去?是否应该成为这部作品最吃重的地方?然而事实是,"怎么写"在很多知名作家那里依旧是非常强大的,而更具历史深度和启发性的"写什么",反倒成了问题。也不能怪作家没想到这点,只是"怎么写"与"写什么"脱节的时间太长,大家开始意识到"重大题材"对一个优秀作家的重要性的时候,怎么写却遭遇到前所未有的困难。这不是某个作家写作的难题,而是一个时代性的文学难题。

黑格尔对此也有讨论。他提醒作者,如要"显出整部史诗的客观性","作为主体必须从所写对象退到后台,在对象里见不到他"。这样,"表现出来的是诗作品而不是诗人本人"。然而他提醒人们注意二者的辩证性关系,"史诗作为一部实在的作品,毕竟只能由某一个人生产出来。尽管史诗所叙述的是全民族的大事,作诗者毕竟不是民族集体而是某某个人。尽管一个时代和一

---

① 莫言:《檀香刑·后记》,作家出版社,2002,第513页。
② 贾平凹:《极花·后记》,人民文学出版社,2016,第203页。

个民族的精神是史诗的实体性的起作用的根源，要使这种精神实现于艺术作品，毕竟得由一个诗人凭他的天才"才能把它集中地表现出来。①

　　小说确实有讲故事、娱乐消遣和启示人生的多层不同功能，但伟大的小说及作者不能满足于此。是故，卢卡奇把一部分小说提升到史诗的高度，他强调小说应具有史诗的功能。"小说是这样一个时代的史诗，对这个时代来说，生活的外延整体不再是显而易见的了，感性的生活内在性已经变成了难题，但这个时代仍有对总体的信念。"但凡大众娱乐时代，文化消费会成为主导人们精神生活的巨大力量，这种情况下，就会有一部分文学批评家和理论家因臣服于这种无所不在的力量，而鼓吹感性的、个人的、欲望的写作，强调日常生活表现人物思想重要性的短暂潮流。他对此采取鄙夷和不屑一顾的态度。在他心目中，崇高感及其悲剧性才是小说家应终生渴求的最高境界。这是崇高感和悲剧性的本质属性和精神范畴："悲剧韵文是尖锐的和无情的，它使人孤寂，且产生距离。它用主人公整个内心深处的有形寂寞来掩饰他们，除去斗争关系和毁灭关系之外，它不让他们之间出现任何别的关系。"出于对小说史诗性的巨大热情，卢卡奇还无比深情且抒情地写道："在悲剧韵文的抒情中，会发出征途和结局的绝望和陶醉声，深渊里不可估量的东西会闪闪发光，在其上方飘荡着这种本质性。"根据这个前提，他把热衷讲故事和向读者抛售生活花絮的小说统称为"散文"，并将之与史诗的崇高感和悲剧性相比较。他说，散文化的小说叙述"绝不会再诉诸人物之间产生纯心

---

　　① ［德国］黑格尔：《美学》第三卷下册，朱光潜译，商务印书馆，1991，第113、114页。

灵的人性认同,绝望绝不会成为挽歌,而陶醉绝不会成为对自身提升的渴望,心灵绝不会试图在心理的沾沾自喜中估量其深渊",它只是一种平庸的自我欣赏。平庸的视野,也将会导致作者平庸的境界。他还警告作者,在一个民族承平时期过于漫长的背景下,就会渐渐忘却被奴役的历史记忆,而对于小说家来说,"忘却奴役绝不可能写出伟大的史诗"①。

卢卡奇还把小说分为三种类型。因篇幅原因,我对其他两种类型免去介绍,只略微谈及史诗性的小说类型。在卢卡奇看来,倾向于史诗性的小说类型,真正步入那个非凡境界的唯一前提即是思想上的抉择:"在小说形式的类型学中,思想上的抉择——即主要人物的心灵在与现实的关系中是太狭隘还是太宽广——起着决定性的作用。"《堂·吉诃德》虽然被人称道,"但是,它太过一般了",因为它与现实的关系太狭隘,"以致不能让人从思想上领会即使在这一部小说的整个历史丰富性和美感丰富性。而属于这一类型的其他小说家,如巴尔扎克"等皆如此。托尔斯泰的伟大,即在他有思想上的抉择:"《战争与和平》的结尾,事实上是拿破仑战争年代真实思想的终结,它在一些人物的发展中显示出1825年十二月党人起义的先兆。"史诗性小说对未来生活的把握总是有敏感的先兆性的。②

有人评断道:"《小说理论》是'将黑格尔哲学成果具体运用到美学问题的第一部精神科学著作'。"它之所以至今仍对人们富有启发性的秘诀是,当人们错以为现代社会不是产生史诗性

---

① [匈牙利]卢卡奇:《小说理论》,燕宏远、李怀涛译,商务印书馆,2013,第49、50页。
② [匈牙利]卢卡奇:《小说理论·作者前言》,燕宏远、李怀涛译,商务印书馆,2013,第4页。

小说的环境的认识在很多作家那里成为主导性的文学观念，以至于在写作认识上陷入长时期的迷茫的时候，卢卡奇对现代社会与传统社会的区分，包括具有洞见的讨论，无疑产生了当头棒喝的作用。他指出：该书的第一部分致力于阐明"由于时代不同而造成史诗和小说之间的明显差异或对立，或者可以说，是探讨古希腊时代与现代资产阶级社会的对立"。"在古希腊的荷马史诗时代，人和世界是一完整的总体，人处于其中就像住在家里一样亲切、熟悉。"自我"（心灵）和世界是同质的，没有任何疏离。"因此，"自我"肯定是那个时代的突出特征。在卢卡奇看来，与史诗时代不同，现代已不再是广博的总体了。取代史诗的是小说，而原因还不止是"塑造思想"的改变，而是由于历史哲学的必然性——"因为小说的形式比其他任何形式更能使作者的想象自由驰骋。"但令人惊叹的是，这种情况下，卢卡奇又把小说与伦理学、政治社会哲学及历史哲学联系起来，并赋予它新的史诗性的任务，它应该成为"我们时代的具有代表性的艺术形式"①。

三

再来看对于史诗具有参照性的"故事"的概念。

就像将"史诗"概念作为一个观察角度，我相信借"故事"概念及其相关的日常生活叙事视角来观察，也是可以了解"自我"的衰微是有其历史渊源的。

什么是小说的"故事"？它在小说中的功能及其历史演变的

---

① ［匈牙利］卢卡奇：《小说理论·译序》，燕宏远、李怀涛译，商务印书馆，2013。

过程究竟是何种的情形？因手头资料缺乏，包括缺乏西学相关知识的储备，请允许我暂时采用中国古代小说史研究专家石昌渝的观点。因石先生是中国古代小说史学者，我吸收的观点虽有偏漏，却能在这里发展我提出的问题。

石昌渝说："中国小说是在史传文学的母体里孕育的，史传文学太发达了，以至于她的儿子在很长期不能从她的荫庇下走出来，可怜巴巴地拉着史传文学的衣襟，在历史的途程中踽踽而行。这样的历史事实，反映到理论家、学问家的观念里，自然是对小说的轻视。"① 所谓史传文学，石先生认为最具代表性的无非是《国语》《春秋》《左传》《战国策》《史记》，自然还有《水浒》《三国演义》等等，它们都是以记录历史重大事件为己任，这样，文学家也就扮演着历史学家的角色，这与黑格尔和卢卡奇的西方史诗理论比较接近。正因如此，传统目录学家把小说看成是小道，尚给它在文苑里留一席之地，是觉得它也还有一丁点儿的史料价值。鉴于传统目录学家都蔑视小说，将它置于史传附庸的地位，致使小说流落民间的僻街陋巷和下里巴人之中，从士大夫的世界中脱离。

这次史学的分化，深刻塑造了中国古代小说两千年来的命运，也决定了它的选材角度和审美取向。就是说，中国的历史先贤，因史学分化，很早就对"历史"和"故事"作了层级性的区分，把小说逐出了高雅文学的领地。出于这一缘由，他们这样定义小说家的"故事"。班固说："小说家流，盖出于稗官，街头巷语，道听途说之所造也。孔子曰：'虽小道，必有可观者焉，致远恐泥。'

---

① 石昌渝：《中国小说源流论》，北京三联书店，1995，第1页。

是以君子弗为也，然亦弗灭也。"① 意思是，小说就是今天所说的八卦、段子，道听途说，捕风捉影，以讹传讹，权当取乐材料，大可不必当真。在《新华字典》里，"稗"这个词的原义是"长在稻田里或低湿的地方"的"害草"。喻义则是"微小的，琐碎的"的意思。而稗官的义务是记录"稗史"，它指的是一种记载轶闻琐事的书。可见，稗官根本登不上历史学家的大雅之堂，是那种流窜于民间，从事记录不靠谱的传闻趣话的职业卑贱的人。那么，由他们记载的稗史的价值，就可想而知了。

然而公平地说，小说确实是对正史的一种补充，虽然它作为历史著述的层次较低。石昌渝指出："'小说'作为补充正史的一种独立文体，创制已久，魏晋南北朝的志怪小说和志人小说，并不是文学意义上的小说，它们只是文学意义的小说的胚胎形态，它们是属于子部或史部的一类文体。自唐代起，它的一支变异为传奇小说，揭开了作为文学的小说历史的第一页，然而属于子部或史部的'小说'此后却并未消歇，唐宋而后延绵不断产生着汗牛充栋的作品。"② 按照石先生的意思，唐宋是中国古代小说的一道分水岭，它经历了小说第一次最大规模的分流。唐代的传奇小说和笔记小说属于"文言小说"，尤其是唐传奇小说，是贵族士大夫"沙龙"里的文学；宋代以后，它的地位就逐渐被"白话小说"所取代。这个取代过程，与小说家和小说地位的进一步降低是同时发生的。③ 明代小说家，大都是沉郁到社会下层的知识分子，像宋代一样，他们有些人还与民间说书人为伍，把他们口

---

① 《汉书》"艺文志"。
② 石昌渝：《中国小说源流论》，北京三联书店，1995，第7页。
③ 石昌渝：《中国小说源流论》，北京三联书店，1995，第7、13、14页。

口相传的"说书""故事"收录整理成小说,供底层民众消遣,自然,士大夫阶层也都在关起书斋大门,一个人夜深人静的时候读这些作品,借来缓解仕途征程上的紧张情绪。

上述小说分流,极大地突出了"故事"在小说中的地位和功能。按照我们今天的说法,故事,主要是指对底层社会日常生活的记载,其叙事功能和传播功能即是供人消遣、玩乐。"白话小说来自民间'说话'。"假如说文言小说是从雅转向俗的一个下降过程,那么白话小说还稍微有点从俗提升到雅的意思。根据这位治古代小说史学者的观察,"说话"技艺的源头很早,魏晋,至迟唐代已有文献可证。它是一种民间艺术,也曾间或与部分士大夫圈子眉来眼去,终究还是与下层民众保持着更为光明正大的密切联系。这位学者敏锐观察到:"唐代'说话'主要在庙堂,宋代主要在集市上的瓦子勾栏。《东京梦华录》《梦粱录》《武林旧事》《都城纪胜》等书都有关于宋代瓦子勾栏的记载。"他进一步指出:"'说话'艺人讲唱的故事,一般都是师徒口耳相传,也有出自自编,这是说唱行当的一个传统,一直沿袭到近代。'说话'艺人出身寒微,地位卑下,绝大多数人的姓名都已湮没不闻,少数在技艺上出类拔萃的人物,达官贵人与其交往,虽然留下姓名,但生平事迹却仍不能昭传于后世。"他说,虽然宋明之间的小说都热衷讲故事,可作者,包括那些出自民间的说话人,仍有不小的变化。比如,在宋、元两代,无论创作者还是整理者都是些名不见经传的下层人士。然而到明代嘉靖年间刊行的《六十家小说》,以及以后编撰《古今小说》《警世通言》《醒世恒言》并改写《平妖传》等的冯梦龙,创作《拍案惊奇》《二刻拍案惊奇》的凌濛初,都已换作出身诗礼之家、颇负声名的文士,而且还都做过官。

这使一路贬值跌落的小说,因作者身份提升,到近代小说改良时期又回升到较高的水平。

我们一路转述、引用治古代小说专家的著述观点,是要声明中国小说在唐宋转向之后,确实产生了注重"故事"和"日常生活"的两大特征。故事指小说叙事手段,日常生活指叙事目的。今天的小说境遇,是否可以大胆地说,某种程度上又返回了宋元明这个阶段,至少是一部分作者返回了?方家可以争论商榷。自1985年告别"重大题材"(其实亦可以说是当代中国的"史传文学")之后,因社会经济的重大转型,它与宋元明阶段似乎有了一点历史的相似性,至少可以暂时地做一点这方面的比较。否则,为什么20世纪90年代"日常生活叙事"突然间热闹了起来,这怎么解释?所谓宋明之际资本主义萌芽说,是否也可以搬来观察90年代社会世俗化的潮流,以及作家有意无意迎合读者,"说话""说书"叙述风气的兴起?这都可以讨论,产生争执也属正常。不过,从叙述风格来看,石昌渝对介于史传与小说之间"杂史杂传"小说作品的分析,真能帮助我们深入观察。他说:"'俗皆爱奇',记史者为迎合读者心理,给传闻添枝加叶,尽量夸张,那些久远的历史本来只存大略,却也要发挥想象来描摹其细节,这样的作品失去了史传的品格。"[①] 我前面所举几篇当今小说的例子,比如姐妹俩争风吃醋,再比如农村真夫妻到城里打工假扮兄妹在网上骗人入瓮,似可说是历史上"杂史杂传"写作风习的又一次流变,它们符合石先生对这类小说审美趣味"俗皆爱奇"的准确判断。

---

① 石昌渝:《中国小说源流论》,北京三联书店,1995,第94页。

四

读者读到这里，会发现我不是要谈什么"史诗"和"故事"，目的是借这两种文学文体形式来探寻新时期"自我"衰微的内在原因。

告别了"重大题材"史诗写作传统的当代小说，鉴于文学市场亦发生重大变化，必然会直奔"俗皆爱奇"的故事写作。因此，"自我"就像一个迷失于重大社会转型关头的历史游魂，当它毅然脱离历史的主轴，彻底放下历史情怀之后，就像一只断线的风筝。它既回不到过去，也无法融入未来。它酷似一个"历史中间物"，虽然它根本没有新旧传承的兴趣和能力。今天来看，"自我"原先储备的历史能量，只不过是历史对它的赐予，并非它之所能。当它脱离历史怀抱，这种靠历史补血的"自我能量"，便最终耗尽。这是我们在很多小说里看到的凄凉的一幕。

我实在茫然，姐妹争风吃醋和夫妻假扮兄妹骗人的这一类小说叙事，究竟要走向哪里呢？我刚才说，这类叙事是回到资本主义萌芽的宋明。其实与英国工业革命后小说的宿命也有几分相像。研究英国工业革命与该国18世纪小说关系的《小说的兴起》一书作者伊恩·P.瓦特注意到：小说创作繁荣带来的多元化，也会极大地损害小说的思想艺术品格。他说，哥尔斯密明确对作家因经济上的考虑而写得很冗长的现象表示了谴责，这种现象"在18世纪初变得相当普遍，例如，约翰·韦斯利就曾有点苛刻地提到过，伊萨卡·瓦兹的冗长是'挣钱'"，"类似的指责也曾针对过笛福和理查逊"。于是，瓦特流露出对小说发展前景的忧虑："基本经济标准对文学出版物的这种施用，其最明显结果是有利于散文而不利于韵文。"① 这就回到卢卡奇的思想点上。他认为史诗作品就是古老的"韵文",而非史诗作品无疑属于散文之流。

分析到此,我也觉得释然。既然找到当前日常生活叙事小说一路跟风的"病根",那么,我们还要忧虑什么呢?人各有志吧。这与我认为的凡一时代,除去叙述普通家庭的家长里短、俗皆爱奇的小说外,还应该要求个别作家创作伟大小说的观点,原不矛盾。我原来还有一个观点,就是作家作品应该"分级"。这样大家各奔前途,井水不犯河水,亦可相安无事。但我只提醒一些年纪尚轻的小说家,不要以跟风从俗为人生目的,包括创作的目的。"自我"已露历史窘相,继续执迷真不值得。当然,这要看一个人的视野,这要看一个人是否胸怀高远。

我一再重申,中国四十年来改革开放的历史,是一部壮阔无比的伟大历史。凡是写好这四十年的作家,一定会跻身于所有作家之上,成为这个时代文学的丰碑。相比之下,"自我"真的非常渺小。当然,凡是伟大的作品,都是从"自我"走向"大我"的,像托尔斯泰的《战争与和平》《复活》,雨果的《巴黎圣母院》《九三年》,鲁迅的《狂人日记》《孔乙己》《祝福》《在酒楼上》等等。没有这种具有内在灵魂的"自我",哪有对时代"大我"的深刻观察和表现?哪里能够创作出反映时代"大我"的伟大的作品?我认为只有将"自我"与"大我"建立辩证的联系,才能对"自我"产生真正的反思。一个胸怀高远的作家,胸中自

---

① [英国]伊恩·P. 瓦特:《小说的兴起》,高原,董红钧译,北京三联书店,1992,第54、55页。

然都会怀着记录历史并帮助所有时代人们认识历史真理的写作理想。这是中国当代文学之所以前仆后继、生生不息的根本原因。这是我写作此文的目的。

2018 年 10 月 26 日于北京亚运村

2018 年 10 月 31 日修改

历史重释与当代文学

一、"当代"文学的重新提出

尽管在教育部门颁布的学科分类和各种版本的文学史中,"当代文学"似乎已是一个毋庸置疑的概念。它指的是对1949年至今(时间)发生在中国(地域)的文学现象的一个总体描述。但是,在什么是"当代"的理解和阐释上,它却是一个最值得怀疑的问题。"80年代以来,批评家和文学史家在处理这一概念上,出现了分歧","所有这些运用,确实都带有'权宜'的意味。"[①]"这里存在着'当代文学'一头、一腰、一尾三个问题","它尖锐地暴露了'当代文学'概念内涵的诸多含混"。[②]"'重写文学史'的兴起和'当代文学'的崩溃并不单纯是文学领域里的一场风暴,而是一场深刻的历史地震,是一种历史的兴起和另一种历史的没

---

① 洪子诚:《中国当代文学史·前言》,北京大学出版社,1999。
② 郜元宝:《作家缺席的文学史——对近期三本"中国当代文学史"教材的检讨》,《当代作家评论》2006年第5期。

落。"① "问题首先是如何对'当代文学'历史意义作出评价","如何评价有三十年历史的'当代文学'?"② 正如评述者所表述的那样,"当代文学"的显要性质在于"寻找",它的最终归宿,需要在"重写"中来完成。只有通过不断的"重新提出","当代文学"才能获取它的历史活力和"真正"含义。这样的描述逻辑,就将"当代"文学始终置于不断分裂、分化当中,最为清楚地记录了从20世纪80年代至今20年间它真实的文学史写作和研究状况。

"当代文学"的"重新提出",其主要根源是肇起于七八十年代之交的"历史重释"运动。"思想解放"运动的核心,是要对"文革"及其以前的"极'左'错误路线"进行全面检讨,而它的根据,是对过去的"历史"做"重新解释"。这就势必导致研究者对"当代文学的内涵的理解发生重大变化。朱寨主编的《中国当代文学思潮史》的'当代',在这里是一个特指的时间概念"。它包含了"十七年文学"和"文革文学"这两个时期。而就在对这个时期的"当代文学"的重新理解上,发生了将《讲话》的"本身命题"与对《讲话》的"片面发挥"人为分离的历史叙述。作者声称:"新中国成立后文学思潮的流向、起伏,无不受政治形势和政治运动的制约","从《应当重视电影〈武训传〉的讨论》开始,他连续发表了《关于〈红楼梦〉研究的一封信》《关于文学艺术的两个批示》等"。这些文章和文件,根据当时的政治形势和需要而提出,引发的是政治运动。正因为

---

① 旷新年:《第一讲 寻找"当代文学"》,载《写在当代文学边上》,上海教育出版社,2005,第17页。

② 贺桂梅:《"重写文学史"思潮与新文学史范式的变迁》,载《人文学的想象力——当代中国思想文化与文学问题》,河南大学出版社,2005,第70页。

如此，所以需要对"十七年文学"和"文革文学""作出重新评价"，其目的是，"反顾历史，寻根究底，正本清源"。①

尽管朱寨的论述含有"权益"色彩，但他以"概念分离"的方式重建"当代"文学的主张，在当时不失为一种"有效"的文学史叙述。他将"始终与革命的政治思潮相联系"的现实主义与"受政治形式和政治运动制约"的现实主义加以区分的文学史表述，克当时历史的"难度"，确实让我们看到了另一个不同于以前的"当代文学"。不过，这种"当代文学"的表述，虽然表面上与当时"去政治化"的文学思潮紧密匹配，反映出文学研究界的重要走向和价值追求，它仍然难被看作是所谓的"纯文学"主张。这是因为，这一文学建构的"说服力"，是通过对中国历史国情的特殊分析来达到的，更重要的是，与它"重新评价"和"正本清源"的对象一样，与现实的政治实践联系在一起，并在"改革开放"的保证中，推动着这一"话语方式"在新的文化环境中"体制化"地实现。② 由此可见，这种"概念分离"最终实现的并不是"纯文学"的诉求，而是"当代文学"的对20世纪三四十年代"革命现实主义"的历史性回归，它要缝合"十七年文学""文革文学"在这一历史过程中所造成的"话语裂痕"，并在此基础上重述什么是他们所认为的"当代文学"。因此，它更积极的目的是，清扫过去文学中的"错误观点"，激活革命现实主义文学内部残存的历史活力，赋予它以新的含义，而作为比"十七年文学""文革文学"更高

---

① 朱寨主编《中国当代文学思潮史·引言》，人民文学出版社，1987。
② 可以明显看到，在此前后出版的《新时期文学六年》《当代中国文学概观》，以及2005年8月由人民文学出版社出版，董健、丁帆、王彬彬主编的《中国当代文学史新稿》等，都在以不同方式"重述"着这种"概念分离"的主张，由此可见其在中国社会的"话语生命力"。

阶段的文学，也在这一文学史表述中被悄然地预设。在20世纪，不光在"当代文学"的建构中，其实，在其他时候也都发生过通过将概念"撕裂"来实现它的转换与重造的做法，如"五四文学"将宋代以后的"通俗小说"从古典小说系统中撕扯出去，并将它与"西方文学"一起整合成今天我们知道的"新文学"，1949年的"人民文艺"通过与"五四文学"的分离来实现自己的目的等等，都是如此。如果从这个角度来理解，所谓"当代文学"也是可以作为"当时文学"或"当下文学"来看待的。

但朱寨在《中国当代文学思潮史·前言》中一直试图回避这方面的"嫌疑"，他告诉我们："这里的'当代'不是当前的意思，而是一个特定的历史概念。'当代文学'的命名，主要是为了与其前后相衔接的'现代文学'和'新时期文学'相区别。"他确信，"不管将来人们改用什么名称，或者它包含在一个更广泛的时间概念（如'20世纪文学'）中，我们认为它在中国新文学史和新文学思潮史上，都具有相对独立的阶段性和独立研究的意义。"① 然而，无论从作者对"十七年文学""文革文学"的"重新评价"看，还是从其在这部著作中所输入的新一套的"价值系统"看，它都可称为标准的"新时期"意义上的"当代文学"，是与"当时"意识形态紧密结合着的那种"当下"（也即朱寨先生所说的"当前"）的文学史描述。其实，既然"历史重释"运动是要将过去的一切"推倒重来"，追求的正是"一种历史的兴起和另一种历史的没落"的宏大目标，那么，将"当代文学"的概念转换为"当下文学"也是被允许的，代表着一种理所当然的"文学合法性"。

---

① 朱寨主编《中国当代文学思潮史·前言》，人民文学出版社，1987。

我们所知道的所有通过"叙述"而存在的"历史",不都具有这样的品格吗?"可见,'当'的本意就是表明一种现存的实在的处于转换过程中的关系","汉语的'当''当初''当'也有一种过去式的用法比如'年',不由让人对'当'的往后延伸的生命力产生丰富的联想"。①

二、"当代文学"与"新时期文学"

朱寨主编的《中国当代文学思潮史》从 1949 年"当代文学"的源起一直写到 1979 年 11 月 16 日第四次"文代会"召开。如果说他以回到胡风、冯雪峰的"革命现实主义"的方式去反思"政治现实主义",从而实现了"当代文学"与 1979 年"当下"国家意识形态的紧密结合的话,那么我们考察这一概念内涵在 1979 年后的变化,就不能不继续研究"当代文学"与"新时期文学"的关系。如果说"当代文学思潮史"是要修复"五四文学"——"左翼文学"在"当代文学"历史过程中的"正宗"地位,"新时期文学"则是通过对"当代文学"的替代赋予其"人的文学"也即"世界文学"的新的内涵。某种意义上还可以说,"当代文学"的"错误"(1979 年以前),正是为"新时期文学"提供了新的生成机遇和发展的空间。

1949 年,周扬提出的"当代文学",是一场从"世界"退回"本土"的中国式的文学运动。虽然"当代文学"最初被冠以"新中国文艺"的名称,但它却是以脱离被"世界文学"所包装

---

① 张未民:《当代的意义——"当代文学版"发刊词》,《文艺争鸣》2007年第 2 期。

的"五四新文学"的历史轨道为价值旨归的。诚如他在《新的人民的文艺》一文中所指出的:"中国新文化运动的最伟大的启蒙主义者鲁迅曾经痛切地鞭挞了我们民族的所谓'国民性',这种'国民性'正是帝国主义、封建主义在中国长期统治在人民身上所造成的一种落后精神状态。"而要落实"形成""无愧于伟大的中国人民革命时代"的"新的国民性"的现实目标,其途径是:"仍然普及第一,不要忘记农村。"这是因为,"文艺已成为教育群众、教育干部的有效工具之一"①。在这样的表述中,"世界"被等同于"帝国主义"的概念,世界文学中的"人的文学中心论"则为"民间文化中心论"所代替。这种源于冷战背景的清除作为"世界文学"核心价值的"人的主体性"的文化逻辑,也在茅盾后来的《夜读偶记》得到了体现。一方面,作者承认,18世纪启蒙派的现实主义和19世纪的批判现实主义"抓住了人物的个人性格和社会环境的矛盾",另一方面,又把它批判为"唯心主义"的"抽象'人性''文艺自由''艺术家的良心'"。而站在"创作方法和世界观的关系"和"现实主义与反现实主义的斗争"这"两个问题"上来立论,于是他得出的结论便是文学中"人的主体性"其实就是"资产阶级"的思想和感情的表现。②这样,"世界"性的"批判现实主义"文学思潮,就被简缩为苏联的"社会主义现实主义",中国的"当代文学"因为坚定的思想价值立场而被标榜为"喜闻乐见"的本土文学。

1978年后,随着中国社会的全面"走向世界","新时期文学"

---

① 周扬:《新的人民的文艺》,原载《中华全国文学艺术工作者代表大会纪念文集》,新华书店,1950。
② 茅盾:《夜读偶记》,连载于《文艺报》1958年第1、2、8、10期。

又重新回到对"世界文学"价值体系和审美规范的认同当中。"新时期文学"的历史意义，被中国社科院文学所当代文学研究室编写的《新时期文学六年》、北大中文系当代文学教研室撰稿的《当代中国文学概观》揭示为："任何强有力的文学繁荣，都不能拒绝外国文学艺术的有益影响"，而中外文化交往的正常开展和日益频繁，对于"打开我国作家和读者的眼界"和"民族的文学形式和手法的创新也起到了一定的积极作用"[①]。"揭示人物命运的内涵，也就揭示了人物的复杂性、丰富性"，这时的"人物的描写已不再是'文革'或'文革'以前时期的人物性格的单纯化"，"人生的价值"也已成为"一批青年作家追求的课题"[②]。如果说，两部文学史所建构的"新时期文学"在描述上还与现实政治难解难分的话，那么，刘再复发表于1985年与1986年之交的长篇论文《论文学的主体性》则明显以"超前的意识"脱离了本土，而为"新时期文学"注入了明确和强烈的"世界"色彩。值得注意的是，尽管这篇论文对新时期文学研究的发展有巨大作用，但在文章中，刘再复仍然在运用周扬、茅盾那种"二分法"描述方式，他归纳的"世界文学"范畴的词汇有内宇宙、人的主体、文学的主体性、创造主体、精神主体、审美个性、创造性、文学是人学、人的灵魂、超越意识、超我性、忧患意识、博爱之心、美的普遍性、忏悔、痛苦、超现实主义等等，归入"本土文学"的则是抽象的阶级性、群体存在、政治运动、消极、被动、主体性丧失、遵命文学、外宇宙、人的异化、工具性、机械反映论、机械决定论等等。

[①] 中国社会科学院文学研究所当代文学研究室编：《新时期文学六年（1976.10—1982.9）》，中国社会科学出版社，1985，第35页。

[②] 张钟、洪子诚、佘树森、赵祖谟、汪景寿编著：《当代中国文学概观》，北京大学出版社，1986，第484-485页。

也就是说，他同样是采取"压抑式"的文学史叙述，完成了"新时期文学"对"当代文学"的替代的过程。于是不难看出，正是在这样的文学史叙述中，对20世纪50年代至70年代历史／文学相对深入的了解，使人们更为清楚地理解80年代历史／文学的意识形态特征。它使我们进一步理解，20世纪80年代的许多思想、文化和文学论争，在很大程度上不是80年代与50年代至70年代不同文学立场间的交锋，而是80年代在如何理解50年代至70年代"当代文学"上思想、话语冲突的呈现。显然，值得关注的是，"新时期文学"所反对的历史／现实、文学／政治的二元区分，并没有在它自身的建构中得到有意识的反省，反而被人们视为"本来如此"，在继续笼罩着"新时期文学"的描述思路。

也许我们更应该关心的不是"新时期文学"排斥、替代"当代文学"的历史性的"丰功伟绩"和某种"进化论"因素，而是1976年以前的"当代文学"何以被统统抽象为"非人化"的文学历史？假如说历史性反省80年代文学与50年代至70年代文学的关系，是基于摆脱固有的意识形态话语的深度干扰，使其呈现出更为丰富、复杂的研究维度，那么究竟该如何重新识别被80年代所否定、简化的50年代至70年代的历史／文学？它们本来有着怎样而不是被80年代意识形态所改写过的历史面貌？另外，哪些因素被前者抛弃而实际上被悄悄地回收？哪些因素因为"新时期文学"转型而受到压抑，但它却是通过对历史"遗忘"的方式来进行的？上面提到的两部代表性的文学史著作和著名长篇论文，都曾发生过类似"遗忘"或"改写"的情况。举一个例子，《当代中国文学概观》第四编第五部分"50年代中期的短篇小说"提到过一些作家"写真实"、表现"爱情生活"的现象，并给予了肯定。但在第六编对"新时期"的王蒙、张洁等人对相同主题、题材的继续开掘、深化时,却只字不提它们之间在不同历史语境中的某种内在传承和关联,压抑了当时应该不少的对这些内容的思考和表现,相反,在"新时期小说创作概述"中,两个历史阶段却被叙述成"断裂""对抗"的紧张关系,50年代至70年代的文化/文学便在新的历史叙述中被整合成一个"整体性"的文学史事实。这样,当"新时期文学"在"历史空白处"起步的时候,这种"'重写文学史'的结果,却形成了新的'历史空白论'","这样的一种文学史理解,为了'拯救'当代文学的历史",然而它的"概述"和分析,反而将"当代文学"变成了一个"无效的概念"和"不合法的概念"。① 但是,类似的警告并没有引起所有当代文学研究者的重视,许多人至今对文学史描述深信不疑,因为按照"世界文学"与"本土文学"的歧视性重新分类,比"当代文学"更为"进步"的"新时期文学",正好符合的是当前中国的大文化语境和历史前进的方向,它象征着一种"与时俱进"的明智选择。

三、"当代文学"与 90 年代的"当代文学史"

历史重释并不只是发生在 20 世纪 80 年代,它在 90 年代后继续以隐蔽和暧昧的形态发展,并把"文学史叙述"纳入它的文化逻辑之中。可以看到,在洪子诚的《中国当代文学史》,陈思和的《中国当代文学史教程》,孟繁华、程光炜的《中国当代文学发展史》,董健、丁帆、王彬彬的《中国当代文学史新编》和

---

① 旷新年:《写在当代文学边上》,上海教育出版社,2005,第 1-2 页。

吴秀明的《中国当代文学史写真》等文学史著作中，它们都在以各自不同的方式给"当代文学"新的质疑和命名。

陈思和在1999年出版的《中国当代文学史教程》中，以"遗忘"自己的意识形态积淀的方式试图叙述一个"真正"的、"与现实无关"的"当代文学"。他通过富有启示性的"潜在写作"的发现，为90年代后成为主潮的"纯文学"（专指先锋文学）的发展确定了一个具有说服力的理论支持，目的是"打破以往文学史一元化的整合视角，以共时性的文学创作为轴心，构筑新的文学创作整体观。它不是一般地突出创作思潮和文学体裁，而是依据了文学作品创作的共时性来整合文学，改变原有的文学史面貌"①。这样的努力当然是不乏"好意"的，确实使过去那种过分依赖文学史知识的沉闷局面为之有很大改观。如果不算是"有意挑剔"的话，那么以"文学作品为主型的文学史"必然又对"以文学史知识为主型的文学史"构成了新的侵犯和压抑。这种"以介绍和赏析优秀作品为主"的"当代文学"，显然是以"遗忘""文学史知识"为历史代价的（实际上指的是与"优秀作品"紧密联系在一起的含有"共时态"的文学生产、文学制度、文学运动等等因素）；这种文学史，告诉后代文学青年的是一个在人为叙述中得以"净化"的历史环境及其面貌。它当然有存在的理由，尤其是与"告别革命"的90年代实现历史合谋的时候。但是这样，是不是又回到了钱理群、黄子平和陈平原的"20世纪中国文学三人谈"的历史认识起点？在当时，他们就是要通过压抑、贬低"左翼文学"来修复和抬高"自由主义文学"的"历史正统性"。

---

① 陈思和：《中国当代文学史教程·前言》，复旦大学出版社，1998。

例如黄子平说道："我觉得'悲凉'美感，依据的就是20世纪中国文学所'意识到的历史内容'来概括的。"某些作家作品，在某个文学时期，其历史内容暂时处在"隐伏"状态。以此为根据，他批评了孙犁"很昂扬，很明亮"的"荷花淀"小说，与此相反，却对同位作者"颇为'悲凉'"的"芸斋小说"给予了相当高的评价。①当然，站在20世纪80年代立场上，无论黄子平的"厌恶"还是"肯定"，都能获得我们今天的"历史的同情和理解"。不过，90年代后，这种以历史"遗忘"为主体的作家作品评价系统为什么还在发生"效用"？它继续存在的理由是什么？却是需要认真质疑的另一个问题。

董健本的《中国当代文学史新稿》的为文风格是咄咄逼人的，它的"咄咄逼人"即来自固定不变的历史的自信，而这种自信就建立在对近年来某些文学史著作"历史补缺主义""历史混合主义""庸俗技术主义"的清理和怀疑上。"为了真实地把握中国当代文学的根本特征与历史定位"，他们的理解是，"必须有一个基本的价值判断的标准，这就是人、社会和文学的现代化"，必须"使历史'链条'中的各个环节合乎逻辑地衔接起来"。而这个价值判断标准即是，第一，"看它是继承、发展'五四'传统，还是背离、消解这一传统"，而以"左翼文学"为理论支撑的"十七年文学""文革文学"，显然是消解前者价值的"文学工具化即政治化倾向"的代表性现象；第二，"文学的'民族情结'与文学的世界眼光和启蒙意识"；第三，"作家的精神状

---

① 钱理群、黄子平、陈平原：《关于"二十世纪中国文学"的对话》，《读书》1986年第3期。

态与人民大众的精神生活"①。这样的文学史表述，即使再带着90年代的"面孔"，仍然让人一眼就看出它与《中国当代文学思潮史》《新时期文学六年》《当代中国文学概观》等著作的"高度雷同"。除了它对个别作家作品的评价尚有一些"新意"，它的整个文学叙述和判断，很难说得上是什么"新稿"。问题就是，除了它通篇使用我们并不陌生的"历史肯定主义"的思想资源和话语风格之外，人们基本看不到它是在什么样一种"历史语境"和"道理"上，能够使之重新获得历史的活力和言说能量。当然，它依然有一定的研究价值，它的研究价值就在于这是怎样一种90年代意义上的"当代文学"。

董本的写作逻辑是，把"90年代"出版的"当代文学史"拉回到"80年代"启蒙式的文化理想之中。这种立场的重复性建立，一方面是基于对90年代后大众文化庸俗现象的强烈不满，另一方面则是针对"历史混合主义""庸俗技术主义"当代文学观的批判和警惕。说老实话，它的出发点是没有问题的，它对"非文学化"现象的坚决拒斥应该被看作是一种难能可贵的"人文精神"。但问题在于，在现实中，或在20世纪的文学史、精神史中，究竟有没有一个固定不变和唯一性的"五四传统"？具体在20世纪80年代，有没有一个至今未变而且大统一的"80年代"？人们并没有在该文学史的叙述中得到具有任何说服力的结论。这一问题，实际在学术界存在着很大的争议，至少在目前，任何历史叙述还都不对别的叙述具有支配性的"真理"话语的地位。其实，即使"五四"，也存在着文化意义上的"多种面孔"，有着

---

① 董健，丁帆，王彬彬：《中国当代文学史新稿·绪论》，人民文学出版社，2005。

陈独秀激进文化式的、胡适保守主义式的、鲁迅思想文化式的和周作人自由主义式的对于"五四"的多种甚而非常矛盾的理解。那么，有什么理由就把极其丰富、多样的"五四传统"简单"窄化"为"鲁迅的精神"？有什么理由可以无视80年代"当代文学"生产过程中的复杂性、冲突性，以及产生的文学形态的多样性，而强硬地说，只有一个"80年代文学"，它的根本性质就是"新启蒙"？如此去理解，那么董本的"当代文学"实际是在用"唯一"来概括"复杂"，当历史"链条"被人为叙述"合乎逻辑地衔接起来"，那么它很大程度上是一部在90年代写作出版的"80年代"的"当代文学史"，并没有给人什么"新稿"的激动。

应该说，无论在文学视野还是在治学方法上，陈本都比董本有着更为开阔的眼光和新锐意识。它在"绪论"中对"当代文学"的新的建构无疑给文学史写作增添了许多活力和值得重视的可能性。我们能够理解当代文学史研究专家的多样尝试，但这不应该是本文讨论的起点。我们的疑惑是，就像李陀为了"批判"90年代文学中的某种媚俗化倾向而重新提出所谓的"纯文学"一样，陈本试图求证的"先锋文学"作为一种80年代的文学"主潮"而高于"现实主义文学"的判断是否可靠？与此相联系，如果说"文学作品"比"文学知识"更能够培养学生的"艺术感受"，那么文学史知识作为一种历史经验的总结和反省，是否就因此而毫无存在的价值？这种二元对立式的文学史研究模式，究竟是一种历史的进步，还是在原地踏步？也需要认真反省并作出进一步深入而细致的分析，恐怕不宜过早地得出结论。应该说，这同样是李陀意义上的"纯文学"的文学史叙述，是不满于过去文学史写作中意识形态纠缠的突破和实验，是一回再次强调"20世纪文学三人谈"的立论基础和研究方法的发生在90年代文学史撰写热中的新的努力。但值得追问的是，这种诞生于80年代的新启蒙兼有自由主义的文学立场为什么被挪用到今天，它是在哪些层面上被挪用的？这种作家作品的评价系统究竟在哪些层面仍然发挥作用，而在哪些层面上已被证明是无效的、无力的？陈本的"当代文学"并没有给读者提供多少有说服力的历史依据和充分的理由。

但是显然，90年代的"当代文学史"著作都已失去了号令天下的权威性，同一历史时期"现代文学史"内部高度的学科共识和一致步伐，在"当代文学"学科中简直已经成为一个不可想象的神话，当然，它同时也暴露出了"现代文学"学科在僵化状态中的全面的危机，而这一点，恰恰被一种非常良好的学科感觉所深深遮盖和"遗忘"。这也同样是"无法理解"的。从当代文学内部表面和潜在的争议看，90年代的"当代文学"已经变成了一个严重分裂的、多元化的历史现象。原因即在，如果说80年代的意识形态还能勉强说是比较一致的文化状态，那么90年代后的意识形态已经因为它所谓的"多元化"而成为四分五裂的思想的碎片，而"当代文学"写作的周边，就被这种极其混乱的意识形态多样话语所纠缠、所困扰，必然会面临如此空前的危机和问题。在这个意义上，一方面，历史重释继续在影响着文学史的规划和研究，与此同时又在干扰、制约着一种更为积极、有效的"当代文学"的学科认同和良性的发展。人们与其说是在质疑已经出版的多种当代文学史著作，不如说更想质疑的是它们背后的那种"历史重释"的历史有效性。

但我们能够理解的是，当"90年代"的当代文学史著作"这样"处理当代文学的问题时，它们一定有一个不同于某种时代口号和

"新时期"的态度与立场。如果说,"每一代人,无论过去或者未来的每一代人,都活在自己的当代","尽责于'当代',才好进入历史和未来"的话,①那么,"90年代"当代文学史历史叙述所发生的重大变化,则可以理解为,历史重释活动中"拨乱反正"和"走向世界"的部分因为时代语境的剧变而理所当然地被剥离了出去。90年代后,随着西方"资本"及其经济全球化的大肆入侵,更随着中国社会被全面而深度地纳入世界历史进程,《中国当代文学思潮》《当代中国文学概观》和《论文学的主体性》所担忧的冷战年代中国当代文学"自主性"缺失等等,显然不再是一个紧迫而敏感的"当代"问题;它的"当代"问题是,如何坚持"本土化"立场以迎接"全球化"的严峻挑战,如何以"文学的方式"思考当代的历史和现实问题,即以"文学"的立场来反抗全球化与大众文化的全面侵略。这样,一度被90年代大众文化所压抑的"重写文学史""纯文学""五四传统"等新启蒙话语,再次被请回到90年代的"当代"语境中来,并释放出一度曾经丧失掉的叙述活力。如果如此去理解,那么《中国当代文学史新稿》的确又是一部在历史复原过程中出现的"新稿"。当然,也有人不认为它们的返回就一定具有新鲜的文学史意义,不认为仅仅为了"反抗"一定会是文学史研究的进步之路。这就是有的研究者所担心的,它们是否会"忽略了'当代文学'形成的特定历史语境和文化逻辑,而以'现代文学'衍生出来的统一'美学'标准衡量'当代文学',因而抹去了'当代文学'的独特性"②。

---

① 张未民:《当代的意义——"当代文学版"发刊词》,《文艺争鸣》2007年第2期。
② 贺桂梅:《"重写文学史"思潮与新文学史范式的变迁》,载《人文学的想象力》,河南大学出版社,2005,第71页。

四、"当代文学"与"现代文学"

"当代文学"在"当代"认同意识上的左右摇摆,很大程度上是"现代文学"对它所形成的历史压力。"现代文学"学科方向的强大的稳定性和自我统一性,使"当代文学"被迫与"当代"的各种话语发生这样那样的纠缠,因而一直处在过分批评化的话语混乱状态。

"现代文学"的文学史意识是在"当代"形成的,具体地说,它的所谓"当代"实际上就是"80年代"。对于王富仁、钱理群、赵园等缔造了"现代文学"文学史意识的一代学界"新人"而言,"80年代"既是他们"告别"的年代,又是其"新生"的年代。"告别"是指由于"文革"后历史重释使他们有意"中断"了与他们过去历史的联系(他们几乎都是"文革"前的大学毕业生,或就读于该时期),而"新生"即是按照历史重释的逻辑而建立新的历史落脚点。正如有人所指出的那样:"我们'今天'所知道的鲁迅、沈从文、徐志摩,事实上并不完全是历史上的鲁迅、沈从文和徐志摩,而是根据80年代历史转折需要和当时文学史家(例如钱理群、王富仁、赵园等)的感情、愿望所'重新建构'起来的作家形象。由于刚刚经历'文革',文学史家精神生活和文学生活最缺少的是什么?就是面对苦难、荒诞时坚持自我的勇气,就是'纯文学'的执着和那种极其浪漫、理想的爱情传奇。而80年代那一代文学史家的生命中是缺乏这些东西的,它们恰恰正是鲁迅、沈从文和徐志摩们的强项。于是,80年代的中国现代文学史就这么'发现'并'建构'了鲁迅、沈从文和徐志摩。""我们'今天'所'看到'的,并通过他们的学生或学生的学生所不断研究、发掘的中国现代文学史,不就是'80年代'意义上的那个中国现代文学史么?"① 这就是说,他们要拒绝的是"左翼文学"建构中国现代文学史的历史逻辑,与此同时,则用80年代所理解的"五四传统"(主要是它"反封建"和"个性解放"的那部分内容)来叙述另一个新的中国现代文学史——这就是以"启蒙与救亡"说为中心的新启蒙论由此在中国现代文学研究界建立起绝对权威的全部逻辑。

因此可以说,今天的现代文学是有意贬低"左翼文学"的那个"现代文学",今天的现代文学的历史叙述即是自由主义文学的历史叙述,或者再可以说,这是一部根据80年代清除"极左文化路线"紧迫性而被狭窄化的中国现代文学史——"现代文学的上述历史特征与它所担负的思想启蒙的历史使命是和谐、一致的,具有不容置疑的历史必要性、合理性与积极意义。"② 作为这样一部文学史的经典著作的是钱理群、温儒敏、吴福辉合作的《中国现代文学三十年》,在其出版11年后,该教材仍在其"修订本"中强调说:"'文学的现代化与民族化'成为中国现代文学必须解决的历史性课题,在某种意义上,现代文学三十年正是在这二者的矛盾张力中发展的。"③ 作为一种贯穿性的历史逻辑,"现代文学"一直在用这样的思想视野延伸和扩充着自己的学科势力范围,它所重视的,是那种"带'当代评论'性质的文学史

---

① 引自拙文:《新世纪文学"建构"所隐含的诸多问题》,《文艺争鸣》2007年第2期。
② 钱理群,吴福辉,温儒敏,王超冰:《中国现代文学三十年·绪论》,上海文艺出版社,1987。
③ 钱理群,温儒敏,吴福辉:《中国现代文学三十年·修订本》,北京大学出版社,1998。

叙述"①,"现代文学"的"当代评论"显然在历史层次上要明显高于"当代文学"的"拨乱反正"和"走向世界"的文学史叙述,它克服了前者急功近利的政治目的和色彩,同时,在学理层面上巧妙对应"极左化"而高举"四个现代化"的新时期的总体社会蓝图。它对"拨乱反正"和"走向世界"文学意识形态的超越,即在通过文学史形式而支持了80年代以来近30年的中国"现代化"进程,从而使"文学现代化"成为压倒中国现代文学史中其他次要、边缘文学叙述的唯一存在的历史叙述。在这样的文学史叙述中,"五四传统""纯文学""以作品为主型"自然要排斥围绕在"当代文学"周边的社会和历史的"非文学因素",而这对非文学因素的反抗、战胜越来越多地被众多研究者看作是"当代文学"之存在于"当代"的历史独特性。

其实,不只前面提到的陈本、董本的中国当代文学史,最近几年出版的许多各类当代文学史和研究著作中,都明显贯穿了"现代文学"这种处理"当代"历史问题的思路和方法。"对于'五四',这些学者毋宁更关切以下的问题:是什么样的历史及政治动机,主宰我们记忆过去、想象中国的形式与内容?当代的文学及电影法则,揭露了哪些五四传统隐而未宣的层面?"(王德威)②这样的"提问方式",已经可以看出与"现代文学"的秘密连同与话语共享。"朦胧诗象征了自我和人文精神的觉醒……顾城那首只有两行的短诗《一代人》便是最典型的例子。"(陈大为)③

---

① 温儒敏等著《中国现当代文学学科概要》,北京大学出版社,2005,第29-31页。
② 王德威:《海外学者看现、当代中国小说与电影》,载《想象中国的方法》,北京三联书店, 1998,第361-362页。
③ 陈大为:《裂变与断代思维——大陆当代诗史的版图焦虑》,载南亚技术学院、中国现代文学学会编《2005海峡两岸华文文学学术研讨会论文集》,台湾秀威出版社,2005,第308页。

排除"极左路线",成为支持"现代文学"在 80 年代获得文学合法性,并对别的不同的文学史叙述更具历史话语权的一个强有力的依据。它的思维方式,不仅蔓延到国内大学现代文学学科的所有研究层次,实际也在统治和影响着海外华人研究中国现当代文学的基本思路和研究阵容。毋宁说,这种"去政治化"的文学史方案,恰恰与带有"冷战"思维残迹的海外华人文学研究界的历史妄想症,形成了相当合拍的话语共振——试想想,既然能够直接从 80 年代夏志清带有明显冷战色彩的《中国现代小说史》撰史策略中诞生一个大陆"中国现代文学界",那么为什么就不能从这一"元话语"资源中再诞生一个王德威、陈大为?于是乎,80 年代后的"当代"中国被重新挪移,并被永远固定在五六十年代的"当代"中,进而中国"现代文学史"被理解为一部反抗、颠覆五六十年代"极左路线"的历史叙述。所谓的"当代",便被建构为一种单质化的社会形态,而"现代文学"以"纯文学""文学自主性"所规划的文学史地图,便被搁置在"当代"社会的全部复杂性之外,而成为一种近于"世外桃源"式的对于中国"现代社会"(1949 年以前)的乌托邦想象。

如果说,"当代文学"是一个必须面对"十七年""文革"的文学史,那么,"现代文学"则可以绕过"十七年"和"文革"所组成的"当代",而成为一个一厢情愿的文学史的历史结果;如果说"当代文学"学科的不确定性、未完成性,可能更大程度上来自人们目前在"十七年""文革"历史认识上的不确定性、未完成性,那么,可以说"现代文学"学科的确定性和完成形态,不也正是回避了历史叙述的复杂多元状态,而选择了一个属于叙述捷径的历史策略才最终实现的吗?也就是说,我们所理解的"当代",既不是陈本、董本当代文学史著作所解释的那个"当代",也明显区别于"现代文学"所极力回避从而单质化了的"当代"。我们所理解的"当代文学"所必须面对的"当代",既有"十七年""文革"时期的"极左路线"的一面,也存在着这一时期虽然偶然、微弱,但确也曾经有过某种觉醒萌芽的另一面,既有80年代的"思想解放"所带来的历史重释,更有将这些因素纠缠、交叉、重合与并置在一起的多种历史面孔。因此,我们所希望看到的贯穿在文学史叙述之中的"当代",并不绝对是一个必须外在于它之外的"非文学因素",而恰恰是另一种意义上的"文学史因素";正因为它是贯穿了痛苦、迂回、政治、人性、文学、非文学种种复杂因素,因而才被称之为真正属于"当代"的一种文学史事实。

五、历史重释中的三种文学史结果

"当代"文学的研究价值也许正在于,它必须面对"文革"后30年来历史对于自身的一次次反复无常的重新解释活动。而这些重新解释之所以会在中国现代文学、当代文学研究界孕育出不同的、乃至差异很大的文学史叙述,原因就在于,不光存在着历史解释活动的无常性,而且人们总是从个体的历史体验出发,重新解读自己所经历的那段"历史"。当他们把自己所理解的"历史"带入文学史叙述过程时,那么文学史的历史叙述必然会出现千奇百怪的文学史结果。而这些文学史结果一起被挤压到"当代"的空间,人们一方面会发现"当代"原本具有的紧张、焦虑和不安,另一方面又发现,所谓的"文学史结果"仍然是暂时的片段,因而就是临时性的。这是迄今为止"重写文学史"的口号仍在这个新兴学科中不绝如缕的一个根本原因。

"新启蒙"的解释模式，是历史重释活动中的第一种文学史结果。"文革"重释是30年来中国社会生活中影响最大的一次解释活动，它不仅深刻刻画了历史命运，而且迄今为止的每一次社会变革都与此息息相关。这是毫无疑问的。正因为如此，"新启蒙"才在一些文学史家的头脑里成为解释"当代"的唯一历史依据。作为"当代"中国人（主要是知识分子和干部，而我们的文学史家就是这一社会群体中的一员）特殊的一次个人经验，他们当然愿意以此为基本视野，认定这就是当代文学历史起源和所有问题之所在。"以科学、民主为核心的'五四'启蒙精神的回归，以个性解放、文学自觉为要义的'人的文学'的复兴，随着大陆思想解放与改革开放的大趋势，始于20世纪70年代末，到80年代达到高潮。不论是对历史的'反思'，还是向文化深层的'寻根'，文学作品大都表现出强烈的现代批判意识。"甚至"创作方法走向多样化""'新写实主义'的兴起""各种现代主义的创作也给作家以新的启迪"等等，也都与它有这样那样的联系。① 但是显然，"新启蒙"观点的持有者的内心深处，有着"文革"的影响，他们放大了这种历史记忆，与此同时也放大了"五四"在"当代"中国的历史能量。他们放大了"五四"在当代文学学科中虚构性的能量，同时也放大了自己在这个学科中的话语权利。这样的事例，在他们所信奉的"五四"曾多次出现过，也许，这正像李陀所尖锐批评的："现在很多人思考问题，包括理论和学术的讨论，在研究方法上，往往掉在'一因一果'这样

---

① 董健，丁帆，王彬彬主编：《中国当代文学史新稿·绪论》，人民文学出版社，2005。

因果律的陷阱里爬不出来。无论是讨论一个历史现象的形成，或者某种政治经济现象的形成，他们总是要寻找一个根本性的、带有本质意义的原因"，这是典型的"化约主义"，即将历史简化的方式。① 按照"新启蒙"对当代文学的认识和规划，那么从伤痕文学、寻根文学到先锋文学和新写实小说，必然就是一个从低到高的历史"进化论"的必然结果。如果按照这种思维逻辑，那么从文学革命到革命文学、从20世纪30年代文学到解放区文学再到新的人民的文艺，不同样也是一个螺旋式上升的进化的历史过程？值得追究的是，它们为什么又不是呢？——在他们的文学史中。

历史重释活动的另一个结果，是"海外汉学"的再一次涌入。它的直接逻辑是，用"现代性"对当代文学做重新观照。前面已经说过，没有20世纪80年代美籍华裔学者夏志清的《中国现代小说史》和香港史学家司马长风的《中国现代文学史》（三卷本）对中国"现代作家"的深入"重评"，很难说会有我们今天看到的大陆"中国现代文学史"。某种意义上，正如夏、司马本的著作"重构"了大陆中国现代文学的历史版图一样，李欧梵、王德威对当代文学的研究，同样对大陆的当代文学研究形成了新的冲击波和影响力。王德威指出：对中国现当代文学，"我们仍需认识两点：（一）现代性的生成不能化约为单一进化论，也无从预示其终极结果；（二）即使我们刻意追本溯源，重新排列组合某一种现代性的生成因素，也不能想象完满的再现。这是因为到达现代性之路充满万千变数，每一步都是牵一发而动全身的关键"。

---

① 查建英：《八十年代访谈录》，三联书店，2006，第254页。

所以，他反对"一味按照时间直线进行表来探勘中国文学的进展，或追问我们何时才能'现代'起来，其实是画地自限的（文学）历史观"①。如果说，夏志清对"左翼文学"的认识很大程度上根源于冷战年代"二元对立"的思维模式，那么，李欧梵、王德威则更愿意把"当代"安置在"现代性"这样后冷战的西方视野中。于是，王德威评王安忆的《长恨歌》，看重的不是意识形态巨变与主人公命运之间的"因果关系"，而是历史、空间的万千细节在这个女人一生的起落，是她在"情欲中打滚"的结果所致（《落地的麦子不死——张爱玲的文学影响力与"张派"作家的超越之路》）。而他在苏童小说中读出的，竟是"南方的堕落与诱惑"，却不是大陆评论界所谓先锋文学对现实主义文学的"反抗"（《南方的堕落与诱惑·苏童论》）。总之，大陆文学被演变成了"晚清语境"乱世男女情缘的一脉相承，或是更大的西方历史时空里的摩登故事或是骑士传奇。于是"当代"是被编织在历史、空间万千细节中的一个不确定的变数，它的历史性痛苦，它的万千不安的辗转，它的心灵深处发出的一声声至今不息于耳的历史性深沉叹息遭到了后现代主义式的彻底瓦解，变成了"现代性"故事中的万千碎片。这样的"当代"，我们已经无法认真地加以辨认。我们的心灵，整个是一个被西方学术话语完全抽空了的虚无感觉。

但是，什么才是我们的"当代"？我们应该怎样表述才接近一个真实的事实？近年来，一些文学史家做过了不乏艰苦的探索和追问。他们立足于后现代主义的知识立场，重返"当代"的历史语境，试图作出更为切实的深掘，以期勘探出曲折复杂的历史

---

① 王德威：《想象中国的方法·被压抑的现代性——没有晚清，何来五四？》，三联书店，1998，第9—10页。

深度。在回答李杨提出的问题时,洪子诚的看法是:"90年代以来,我们越来越确定地感受到对当代史、当代文学史在描述、评价上的分裂。"因此,对于当代史,"哪一种是对历史的'真实'叙述?""谁有'资格',或最有可能做'真实'叙述?"就成为一个很大、很困难的问题。在此基础上,他提出了"亲历者"最有资格叙述"真实"的历史景观的可能性,但同时也认为,"作为'亲历者'在意识到自己的经验的重要性的同时,也要时刻警醒自己的经验、情感和认知的局限"①。很难说这就是历史重释活动的第三种结果,它的意义是,既然意识到了认识"当代"的全部复杂性、漫长性,那么才显现出如此犹豫和谨慎的态度。但是,即使如此谨慎小心的学术态度,也遭到了董健先生极其猛烈的"误读",他指责这是一种"历史补缺主义""历史混合主义"加上"庸俗技术主义"的错误倾向②,然而,有意思并值得追问的是,为什么洪、董同为"文革"年代的"亲历者",但是所持的却是两种截然不同的"当代"观?如果这样的"历史混合主义"果然主宰了"当代"的研究,那么是不是已经不再存在一个我们可以在活着的时候谨慎接近的"当代"?它真的被历史的巨手抹去了吗?但是,洪子诚本人并不这么认为,在强调他为什么"重写"当代文学史的问题时,他坚定地表示:"这次的编著,没有在《概观》的基础上进行,也没有采取集体合作的方式。主要原因是研究者之间,已较难维持'新时期'开始时的那种一致性。我们的看法之间的差异,比相互之间的共同性有时更为明显。"所以,"当

---

① 洪子诚:《与李杨就当代文学史写作及相关问题的通信》,《文学评论》2002年第3期。
② 董健,丁帆,王彬彬:《中国当代文学史新稿·绪论》,人民文学出版社,2005。

代文学史的个人编写,有可能使某种观点、某种处理方式得以彰显",而这是因为,"到了80年代","出现了新的历史条件下文学变革的前景"①。他所说的"变革前景",就是我们在本文中一再强调的那个贯穿于30年历史时间的"历史重释"活动。而在他看来,这正是"重写"当代的一个重要契机。

没有理由怀疑洪子诚重新认识"当代"的个人和历史动机,同样也没有理由不理解董健教授的"愤世嫉俗"。问题在于,当"当代"既不是"五六十年代"(包括"文革"),也不单单是"80年代",更不等于市场经济的"90年代后"的时候,我们的"当代"实际具有的是一副多种思想面孔。我们实际已经无法回到"个人意义"上的"当代"之中,因为它已经是一个被历史重释不断改造、装饰和增添的历史面具,或者说它已经是一个历史话语层级的结果。事实上,只要历史重释的活动不停歇,那么"重写文学史"就不会失去它的意义。只要历史重释仍在介入我们对"现代文学""当代文学"的想象和建设的过程,那么,关于文学史观和撰史方法的争论就不会停止。

---

① 洪子诚:《中国当代文学史·前言》,北京大学出版社,1999。

新时期文学初期的"现代文学传统"

——2018 年 11 月 15 日在复旦大学"新时期文学四十年"
论坛的发言

首先感谢贵系栾梅健教授的邀请。来复旦之前，我在北京参加过两场分别由《文艺报》和北京文联举办的"新时期文学四十年"的研讨会，再从宏观的方面，已经谈不出新的想法。① 这次想选一个比较小的角度。为什么要选这个题目呢？因为近年我写过贾平凹、王安忆、张承志、铁凝等作家的研究文章，发现他们在新时期初期创作阶段，都曾谈论过沈从文、孙犁、汪曾祺对自己的影响。从外国翻译作品影响新时期初期青年作家创作这个流行话题看，这个小题目不被人注意，以为不是个问题。但我不这样看，因为作家创作资源是多方面的，比较复杂隐秘，如果仅仅谈外国翻译作品，很多问题说不清楚。

---

① 丁晓原所说"我们见证了或者从某种程度上也可以说是参与了这样一个大时代"的说法，反映了很多人内心的感受，这是"新时期文学四十年"最近成为杂志显学的主要原因。《非虚构文学：时代与文体的"互文"》，《东吴学术》2018 年第 5 期。

所以，我今天的发言，不是从中国/世界的角度，而是从当代文学/现代文学的角度来展开。大家知道，新时期初期涌现的一批青年作家，因时代局限，走上文学道路的阅读主要是"十七年红色经典"，也有一些19世纪西方文学作品。那时大部分作家不是科班出身，少数是工农兵大学生，知识结构存在缺陷，没接受过系统文学教育，基本是自学成才。在新时期初期，还来不及系统读书。当然，他们都很有文学天赋。"十七年红色经典"中，好作家作品不多，艺术上大多粗糙，有的还不及中学生的写作水平，有的更像是随军战地记者的报告文学；19世纪西方文学作品固然艺术上一流，与中国文化和心理毕竟有点隔。这是一些青年作家也愿意师法本国现代文学作家的第一个原因。

第二个是文学与社会的关系。政治上的变动，使得许多文学工作者把"十七年文学"一起厌恶了。① 那时很多作家心目中，远离政治的作品便是真正的纯文学，这是一个共识，也是一种风气。按照今天说法，就是"去政治化"。这种情绪当然相当偏激、偏颇，也不讲什么道理。今天看来，却失之简单。文学史就是这样，它的历史脉络、历史叙述就是由此一时、彼一时的时间段落构成的，像许多曲里拐弯的小河汊，远远地看十分杂乱，像苏南纵横交错的河流沟渠，没有规律。所谓规律，其实就是文学史家后来经过时间的沉淀，也为便于集中、概括地分析一个时期文学史发展的现象，把当年的很多枝枝杈杈剪掉之后，经过一番苦心孤诣的修剪，才形成所谓的"文学史规律"的。今天我想做点还原，

---

① 周安华分析道，对"文革"反思引发对人的关注，这是探索电影和戏剧呈活跃状态的特殊背景。《与历史和现实深情对话——改革开放与中国戏剧影视四十年》，《东吴学术》2018年第5期。

即所谓重返历史现场。这种重返，我由此注意到在青年作家中产生的不同于"十七年文学"的新的审美意识，新的文学阅读对象，将决定他们在新时期最初几年创作上的走向和趣味。

第三个原因，我以为是如何写出纯文学的、优美的新时期文学作品，是这代青年作家不约而同的、也是共同的决定。在这种情况下，怎样创作贴近中国人文化心理和审美趣味的小说，使他们把师法前人小说创作手法，完成自身文学成长的目光，很自然地投到了中国现代文学史上一些曾被冷落、被遗弃的非主流作家身上。而被他们发现的宝贝，居然都是有点出土文物意味的一些作家；他们发现的居然是现代文学史上那些非主流的、抒情性的、地方题材的作家，如沈从文、孙犁和汪曾祺等。这可能是受到了香港司马长风的文学史、美籍华裔学者夏志清的《中国现代小说史》传播风气的影响和引导，也许还有其他别的影响渠道。这只是我的猜测，对于一个作家的阅读史来说，情形可能远比我这种猜测要复杂和隐秘。必须通过细致的追踪、收集材料和研究，才能最后看出庐山真面目，而且更可能的是，在每个人身上的差异也许是很大的，不能一概而论。总之，他们觉得这些现代作家的作品，比"十七年文学"更像"纯文学"。他们抒情的、优美的、地方题材小说的吟唱，也许更能抚慰这些青年作家在大的历史动乱之后，急于过一种平静的、安稳的、不再折腾的老百姓的生活的心理吧。新中国成立初期，这种安静生活曾经是很多人强烈渴望的，即历史书上说的"休养生息"，但是真的久违了。

很显然，这是一个奇妙的历史间隙，很小的、一闪而过的历史间隙。它就在新时期初期，在大的历史动乱结束与这一代作家创作成长起来之间。这也是一个值得重视的文学史角落，或者叫这代作家文学创作的一个不曾被人关心的小源头。总之，它是我今天发言的出发点和关注的命题。

为使问题具体、充实一点，不妨引用几个材料予以说明：贾平凹在《贾平凹、谢有顺对话录》中说："我记得大学快毕业了，突然有一天在书店见到一本书，是综合性的小说选本，里面有沈从文的一篇，我读了觉得是我那些年看到的最好的小说，就买了。""后来，我一个同学从西北大学图书馆借了一本书，是沈从文的一本选集，才知道沈从文是20世纪三四十年代的作家。"他又对章学锋说："接触了沈从文的作品以后，才知道沈从文写了那么多好东西！"[①] 他还回忆："我给出版社写信——这辈子给出版社就写过这么一封信，为沈从文这书，我跟他们说，以后再有这人的书咱能不能多给搜集点儿来？"[②] 贾平凹有一篇短文叫《孙犁论》，内容是写他从来不登门拜访作家，平生仅一次，是在北京开完会后，专程去天津拜望老作家孙犁先生，还带着一个唐三彩，结果在火车上被弄断了胳膊。他极其佩服孙犁的小说笔法："读孙犁的文章，如读《石门铭》的书帖，其一笔一画，令人舒服，也能想见到书家书时的自在，是没有任何疾病的自在。好文章好在了不觉得它是文章，所以在孙犁那里难寻着技巧，也无法看到才华横溢处。""这样的一个人物，出现在时下的中国，尤其天津大码头上，真是不可思议。"[③] 王安忆也有此类文章。依我看，王安忆创作成熟期"归于平淡"的小说笔法，可能取自汪曾祺，也许也不一定。经多年反复磨炼，她的作品显示出浑然

---

① 《贾平凹、谢有顺对话录》，苏州大学出版社，2003，第45页。
② 贾平凹：《文学是光明磊落的隐私》，载《访谈》，北京三联书店，2015，第299页。
③ 贾平凹：《朋友》，重庆出版社，2005，第113页。

天成的境界。她写过《汪老讲故事》一文："汪曾祺老的小说，可说是顶顶容易读的了。总是最最平凡的字眼，组成最最平凡的句子，说一件最最平凡的事情。轻轻松松带了读者走一条最最平坦顺利简直的道路，将人一径引入，人们立定了才发现：原来在这里。诱敌深入一般，坚决不设障碍，而尽是开路，他自己先将困难解决了，再不为难别人。正好与如今将简单的道理表达得百折千回的风气相反，他则把最复杂的事情写得明白如话。他是早洞察秋毫便装了糊涂，风云激荡过后回复了平静，他已是世故到了天真的地步。"她接着说：汪老"总是很笨拙很老实地讲故事，即便是一个回忆的故事，他也并不时空倒错地迷惑，而是规规矩矩地坦白出什么时候开始回忆了"，"笔下几乎没有特殊事件，都是一般状况，特殊事件总是在一般状况的某一个时节上被不显山不露水地带出，而事实上，汪曾祺的故事里都有特殊事件，堪为真正的故事"，且与"特殊的结构"形成默契，"实是包含了一种对偶然与命运的深透的看法"。她还赞扬其语言风格道，"几乎从不概括，而尽是详详细细，认认真真地叙述过程"，还"很少感情用语"，"然而，时常地，很无意的一句话，则流露出一种心情，笼罩了之前与之后的全篇"。① 很多人知道铁凝文学创作的起步阶段，受到孙犁很大的影响，早期名作《哦，香雪》里洋溢着荷花淀派小说那种特殊的气味，是不容置疑的。因有师徒之谊，她在《四见孙犁先生》这篇文章中充满感情地写道："先生欣赏的古人古文，是他坚守的为文为人的准则"，而"他于平淡之中迸发的人生激情，他于精微之中昭示的文章骨气"，似乎

---

① 王安忆：《汪老讲故事》，载《我读我看》，上海人民出版社，2001，第115-124页。

都"尽在其中"。①虽然冯骥才的孙犁是不可模仿也无法模仿的忠告言犹在耳，②但这股在新时期初期青年作家中刮起的师法现代作家的旋风，直到寻根文学兴起，他们艺术上各寻自路的1985年，才开始降温。

从贾平凹与谢有顺的对话看，沈从文精彩绝伦的小说几乎是他创作的起点，那是对一个青年作家醍醐灌顶的启发。③他带着崇拜之情北上，以至于不小心把送给孙犁的唐三彩胳膊弄折了，连忙道歉，但孙犁先生只是哈哈一笑，放置一旁。平凹先生声称自己从未登过一位作家的门，到孙犁家，仅此一次。王安忆老师对汪曾祺用最平凡的字眼、说一件最平凡的事情的小说笔法，对他归于平淡的作品境界赞赏有加。铁凝更是称赞孙犁小说"精微之中昭示的文章骨气"等等。然而，二者之间涌动着一种什么联系呢？这是对手法高超、态度诚挚、朴素自然的现代作家的敬爱吗？肯定是。但我以为更是他们在表达对曾在当代文学史中消逝的"现代文学传统"的敬爱的心情。这是他们人生经历中不曾有过的文雅、体面和平和。这是他们文学积累中不曾有过的雍容、优美的文学宝库。这是他们曾经缺乏的对人的包容、同情和怜悯，因为在过去的教育中，充满了暴力和粗鄙的东西。这更是一次对历史废墟现场的回填。老话说，师人文章，乃是师人之心，就是这个道理。

七年前，我写过《繁华落尽见真醇——读汪曾祺小说〈岁寒

---

① 铁凝：《四见孙犁先生》，《人民日报》2002年11月6日。
② 冯骥才：《悼孙犁——留得清气满乾坤》，千龙新闻网2002年7月19日。
③ 陈剑晖说贾平凹的散文创作，代表了80年代的最高水准，毋庸讳言，老作家的影响也起着某种作用。《四十年散文：走向阔大和遥远》，《东吴学术》2018年第5期。

三友〉》一文。作为同龄人,我理解,同时也感同身受新时期初期的青年作家对老作家们、对现代文学传统的敬爱之情。在分析了汪先生这篇小说之后,我带出了自己的感慨和自我反思:"这些青年作家和当时读汪曾祺的读者一样,都是被'不是请客吃饭'理论培训的一代人。激烈、粗糙、做人精明和大而化之,是这代人的通病。""这种本领大大超出了前面几代的中国人。阅世之深,警惕之深,犹如惊天动地地震爆发前一瞬间惊悚不安的蚂蚁和飞鸟走兽。我们对人之警惕,对自己之保护,可能在汪曾祺等旧社会读书人看来是无比惊讶,无比可笑,也不知所措的。因为我们的成长史让我们不得不这样谨言慎行,警觉异常,前后矛盾。"①这不是自我矮化,这是诚挚之言。②

与其说是19世纪西方文学,不如说是现代作家的作品打开了我们心灵的天窗、文学的天窗。这次历史相遇,使不少青年作家免走了很长一段弯路,思想见识和文学趣味很快回调到中国现代文学的水准上来,这个当代文学史的罕见的洼地,就这样被滚滚向前的时代思潮迅速填平了。但是,到目前为止,这个话题还没有引起有识者的注意,也没有开展有效的学术研究。譬如,以新时期最初几年为节点,研究贾平凹与沈从文、铁凝与孙犁,新时期作家与中国现代文学中的抒情传统,等等。我这里,只是提到几个青年作家,其实,据我摸过的材料,还有不少青年作家与现代作家有这样那样的缘分。例如张承志与鲁迅,莫言与鲁迅,韩少功与沈从文,迟子建与萧红等。这是一个系列性的文学史考

---

① 参见拙作《繁华落尽见真淳——读汪曾祺小说〈岁寒三友〉》,《当代文坛》2012年第2期。

② 有论者谈到那个年代无疑给知青一代造成了精神创伤。参见陈晓明《改革开放四十年:中国文学的创新之路》,《东吴学术》2018年第5期。

察工作，对新时期初期文学中的"现代文学传统"，对一代青年作家的创作成长史，对我们这一代读书人的心灵的秘密，都需要一一捋过才好。

2018年11月9日于北京亚运村

2018年11月11日修改

《钟山》与新时期文学

一

　　《钟山》创刊四十年周年，已可以当作一个历史单元来研究。尤其是新时期文学这四十年，已构成百年中国文学史的一个特殊段落，在这个单元里做文章，思想和文学的分量已经足够。最近20年，中国现代文学研究界兴起过一阵"杂志研究热"，颇热闹了一阵子，当然，后来也陷入研究方法上自我重复的困局，有点弄不下去的意思了。当代文学杂志跟现代杂志多少有些不同，首先是它遭逢的历史情况不一样，其次是文学与社会的关系太过密切，对不少文学现象和作家，究竟是否应该用文学标准来分析，已经十分尴尬。但如果用社会学的方法去研究，又感觉它们离心目中真正的文学实在太远太隔。这就是中国当代文学的独特性所在。据我所知，《文艺报》《人民文学》已有专门的研究，取得了相当丰硕的成果。不过，个人研究者是否也在沿袭现代文学的研究思路，让人感觉共性大于独特性，不能给人很深很细致的印象？也不好评价。虽然作者都尽了最大努力，仍觉得时间沉淀不够，距离没有拉开，资料也都是容易找到的，缺乏让人眼睛一亮的稀见材料和档案，尤其未能将编辑、作者、读者的矛盾痛苦和欣喜的生命状态给揭示出来，呈现一部非常特殊的中国当代文学办刊史，尤其是还未能看到它们与国统区文学和解放区文学那种错综复杂的连带历史联系。虽然这不能都怪那些勤苦的研究者。

这篇文章是另一种叙述分析的路径，它是说《钟山》在新时期文学四十年中的作用、意义和位置，认为这方面有很多文章可做。

我现在做文章，喜欢先找一下历史感觉，历史的感觉就是研究的角度。它是自我生成的一种看问题的角度。《钟山》给我一个奇怪的感觉，就是让我想到了61年前南京那个消失于历史大幕里的"探求者"文人社团。曹洁萍、毛定海的《高晓声年谱》说，1957年春，江苏八位青年作家、批评家艾煊、方之、叶至诚、陆文夫、高晓声、梅汝恺、陈椿年、曾华，想如左拉的梅塘之夜，弄一个不同凡响的文人社团。这些天真的年轻人的《"探求者"文学月刊启事》写道："我们是一群年轻的文学工作者，我们的政治、艺术观点都是一致的。现在我们结集起来，企求在同一目标下，在文学战线上发挥更大的力量。"他们相信，"文学战线上的前辈会关心我们，与我们志同道合的朋友们给我们增添力量，广大读者会赞成我们，即使困难重重，也坚信事在人为，胜利必定"①。今天来看，这是一批多么可爱的年轻人啊！

我这个历史感觉，是要引出下一个问题，即它与后来的《钟山》

---

① 曹洁萍，毛定海：《高晓声年谱》，南京大学出版社，2017，第58-63页。

之间有没有某种历史联系,是否有人做过相关研究。历史发展的事实告诉我们,"探求者"虽然夭折,当事人四下离散,饱受人生磨难,但20多年后,就是它为新时期文学贡献了第一批小说家,陆文夫、叶至诚、高晓声、方之等,而且好像在这批作家的影响下,又涌现出像丁帆、王彬彬、叶兆言和毕飞宇等新一代的批评家和作家。这种影响关系也许是缺乏切实证据的历史猜测,不足为信。不过,假设在前,求证在后,往往又是一种具有探索色彩的文学史研究经常采用的手段。也就是猜测在前,求证在后,虽然求证未必有结果,猜测可能变成一张废纸,这都没有关系。我所以敢于猜测的理由是什么呢?是因为相信南京这座古都的文学氛围和传统,一定会在二者之间建立秘密的历史通道。所以,且允许我大胆地把《钟山》当作是公办的"同人刊物"来看待。正因为它的"同人刊物"性质,才铸造了《钟山》与新时期文学的深刻联系及历史面貌。

这样一连带,《钟山》与新时期文学关系的一个重要切面就出来了。新时期文学,是一个千条江河归大海的雄伟阵势,这不是北京和上海的新时期文学,而是有很多文学重镇参与其中,一起发生共鸣的历史史诗性的新时期文学。比如伤痕文学,我们过去总喜欢说是因北京作家圈而带动的一股文学潮流,北京作家圈,也包括北京批评家群体,确实对伤痕文学发挥了比较大的作用,也有一些代表作家和代表作品。但现在将对"探求者"的历史梳理带进来,情况就更丰富和更具层次感了。新时期文学的这第一批来自江苏的伤痕作家,对建构新时期文学最初面貌该是多么重要啊,尤其是高晓声的《李顺大造屋》《陈焕生上城》这两篇。它们几乎成为谈论伤痕文学、归来作家不能不谈的关键性内容。

所以说,从具体的个人感觉去触摸历史,能触摸到当事人的痛苦,触摸到"探求者"一代作家崎岖坎坷的命运,从而触摸并发现新时期文学的某一重要切面。董健、丁帆、王彬彬的文学史《中国当代文学史新稿》说:"在对苦难的认知上,苦难成了锤炼人格、升华自我的最好方式,甚至是历史进程的必要环节,因此使个体的承受具有了责无旁贷的意义。这样一种对苦难的认知也制约了对人性的想象方式。基于人道主义启蒙的立场,人性关怀成为这一代人对苦难讲述与反思的重要视角;对人生苦难的忧愤与揭露,对扼杀摧残人性之恶的理性批判,不仅指涉极'左'政治而且指涉封建痼疾。人物性格内涵的多样性、内心世界的丰富性及深厚的命运感,使人性书写达到了1949年以来文学的最高水平。"①

同人性的作家群、同人性的文学杂志,以及在此基础上形成的江苏作家、批评家的历史群像,是我通过重新读《钟山》杂志获得的第一个鲜活印象。

二

《钟山》虽具同人色彩,但始终拥有全国性视野。它是新时期文学中的独特一环,是各种文学思潮叠加交替过程中的一个重要驿站。

我想利用一下贾梦玮、何同彬两位先生提供的《钟山》几则

---

① 董健,丁帆,王彬彬:《中国当代文学史新稿》,人民文学出版社,2005,第410、411页。

史料,来谈点个人看法。①

先看这个杂志1978年至1989年的重要作品目录。作者有范伯群、曾华鹏(《论鲁迅小说的艺术风格》),董健(《论长篇历史小说〈李自成〉》),陆文夫(《崔大成小记》),高晓声(《"漏斗户"主》),张弦(《苦恼的青春》《银杏树》),巴金(《春蚕》),刘绍棠(《鹧鸪天》),李杭育,李庆西,颜海平,宗璞(《蜗居》),严家炎(《现代文学史上的一桩旧案——评丁玲小说〈在医院中〉》),赵本夫(《在黄河滩上》),史铁生(《绿色的梦》),刘心武(《最后一只玉鸟》),王安忆(《墙基》《流逝》),王蒙(《漫谈小说创作》《风息浪止》),储福金,冯骥才(《两医生》《作家要干预人的灵魂》),莫应丰,丁帆(《刘绍棠作品民族风格雏论》),贾平凹(《土炕》),潘旭澜,南帆,林斤澜,汪曾祺(《小说三篇》),雷达,张志忠,从维熙,陈辽……这份作者名单我没有抄完,所录只是全部篇目的几分之一。它给我两个印象:一是本地作者中有不少是"探求者"成员,他们可能出于无心,却把历史痕迹带到了这里,以至于影响到杂志后来的面貌。我认为这种"同人性"或者也可以称之为对历史问题的再探索,陆文夫的《崔大成小记》、高晓声的《"漏斗户"主》等作品都具有这种鲜明的思想色彩。某种意义上,"探求者"是一批"思想者",正是这个思想者阵容强化了《钟山》的思想容量。二是杂志不满足于以南京和江苏作者为主力军,它还积极地

---

① 2018年4月底,《钟山》杂志与北师大海外写作中心在北师大京师学堂,合作举办了"《钟山》与新时期文学进程"的研讨会。贾梦玮、何同彬先生提供了经过整理的史料。它们是:"《钟山》1978—1989部分重要作品目录"、"《钟山》获奖情况"、《钟山研究资料目录》、"部分重要作者《钟山》所发作品篇目(1978年第1期—2018年第2期)"、《钟山与先锋文学思潮》、"新写实"和"新状态文学、联网四重奏、新生代小说"等。

吸引全国著名的小说家、批评家和学者来加盟。这种全国性视野,使得这份杂志一开始就站到了新时期文学前沿,变成桥头堡之一。我没比较过其他的省市级文学杂志,仅凭印象就感觉到,这是一份十分豪华的作家的名单。虽然王蒙、刘心武、刘绍棠、莫应丰、贾平凹和史铁生给的都不是他们当时最好的小说,但张弦的《苦恼的青春》、宗璞的《蜗居》,尤其是王安忆的那几篇,都很有名,均已载入了史册。王蒙的《漫谈小说创作》等可以说都是"前沿之论",它们是思想和文学探索浪潮中最耀眼的浪花之一。而严家炎著文分析丁玲的《在医院中》,把"思想解放"的最尖锐声音,带到了《钟山》杂志上来。

我认为丁帆在《江苏当代作家研究资料丛书》"总序"中的一段话,颇能概括江苏与全国文学界的关系:"许多人将江苏作家作品归入阴柔的江南士子和仕女风格,显然这是一种误读。殊不知,江苏的地理位置以淮河为界,正好是中国南北的分界线,所以,阳刚与阴柔两种截然不同的艺术风格交汇于此。也由于上述的历史缘由,所谓'吴韵汉风'则是最好的艺术风格注释。苏南的阴柔缠绵、苏北的阳刚恢弘交织在这一方土地上,在泾渭分明之中凸显出江苏文学的多元、大气和包容。"① 这种评价,不单解释了江苏当代作家数量众多的原因,而且也指出了他们创作风格的多元大气等特点,更可以看出他们积极加入历史洪流,充当一线主力军的个人胸襟。

再看杂志统计的从 1978 年第 1 期到 2018 年第 2 期"重点作者篇目"。它们是:丁帆(22 篇)、王安忆(21 篇)、王彬彬(66

---

① 该丛书 2016 年由人民文学出版社出版,总计 16 种。

篇)、叶兆言(16篇)、叶弥(12篇)、史铁生(11篇)、毕飞宇(20篇)、池莉(3篇)、刘震云(3篇)、迟子建(13篇)、余华(5篇)、张抗抗(11篇)、陈应松(10篇)、苏童(19篇)、赵本夫(8篇)、李洁非(46篇)、贾平凹(12篇)、莫言(10篇)、格非(7篇)、黄蓓佳(11篇)、韩少功(12篇)、韩东(10篇)、鲁敏(10篇)等。统计不一定全面,但已经把这家杂志几十年的山川地貌给描画了出来。我先分析一下"本地作者"和"外地作者"的比重。本地作者占了大头,看得出实在为这份杂志尽心尽力,例如丁帆22篇、王彬彬66篇、叶兆言16篇、毕飞宇20篇。也有个别现象,比如王安忆就有21篇、李洁非46篇,李洁非的篇数仅次于勇夺状元榜的王彬彬。格非籍贯虽是镇江,是典型本地人,却只贡献了7篇,还不如贾平凹(12篇)、莫言(10篇)、韩少功(12篇)。不过,他把自己成名作《褐色鸟群》奉献给这家杂志,足见他对故乡的感情。比较突出的外地作者当然是王安忆,她投稿积极也许有一层原因,是否与《钟山》杂志某位编辑的关系比较密切,彼此取得了信任。当然,我认为她可能认为除了《收获》《上海文学》,《钟山》也是她心目中的文学重镇,所以不吝名作,都慷慨奉献给了这份刊物。王安忆发在此地的小说,后来都成为"名作",在她重要作品中占有特殊地位。例如《流逝》是伤痕文学的代表作,《锦绣谷之恋》被认为是女性小说,《岗上的世纪》涉及知青文学,又是王安忆八九十年代转型期不能绕开的探索性作品。80年代中后期,是莫言、贾平凹、韩少功、余华、池莉等取代王蒙等老作家登上文学史舞台的关键窗口期。他们虽然活跃于《人民文学》《十月》《当代》《收获》和《上海文学》等杂志,但并没有忽视南京的《钟山》,反而经常在上面刊登作品。贾平凹有成名作《商州初录》的一部分作品，莫言把《金发男儿》投寄给了《钟山》。在两位作家早期作品中，这些小说不能说是无足轻重。某种程度上可以说，它们实际已描画出两位作家早期作品艺术上的基本纹路，所以意义非同寻常。这一方面看出杂志编辑积极联络作者、壮大杂志声势的远大眼光，另一方面，也能看出他们重视《钟山》，期望在上面一展身手的勃勃雄心。从文学史角度来说，一代作家的涌现有多种原因，但其中一个原因就是占据"重要杂志"。"重要杂志"既是一个时期文学作品的主要阵地，也是组织、筛选和推出新生代作家的历史T型台，不在这个红地毯上走一遭的人，根本就无法进入读者视野、被载入史册。

如此看，"重要作者篇目"的整理，实际是对新时期文学的整理，也是在对一代人历史身影做整体性的整理和反思。对后来的研究者来说，细心观察这个篇目，不仅能重温历史现场，关键是，通过统计手段进行分析，可以得出大量文学史信息，从中找到某些历史规律。这个规律不单针对杂志，也针对一代人的文学活动，更针对研究者自己看待文学史的坐标和走向。

三

最后看"新写实"的发难和滥觞。贾梦玮、何同彬提供的材料，介绍了酝酿和倡导"新写实文学"的过程：1988年7月17日，当时的编辑徐兆淮和范小天赴京拜访作家、评论家、报刊编辑等30余人，代表编辑部说明创办这一专栏的背景、设想及围绕这一专栏拟举办的评奖、出书活动。1988年10月中旬，《钟山》与《文学评论》在江苏无锡联合召开"现实主义文学与先锋派文学"讨论会，初步试探文学界的反映。陈骏涛、陈思和、南帆、吴亮、丁帆、王干等学者和评论家在围绕现实主义和先锋派问题展开讨论的同时，不约而同地对这股写实潮流进行了讨论，有称其为"新写实小说""新写实主义小说"的，还有的则命名为"后现实主义"。经过前期理论酝酿，《钟山》1988年第6期刊发文讯，预告将于次年初举办"新写实小说大联展"，这是"新写实小说"的说法在文坛第一次正式出现。

另有赵天成对批评家王干的采访，可做一个补充材料："1988年是在无锡工人疗养院，开的那次'现实主义与先锋派'的研讨会。当时参加的人员，我现在还能记起来的，有现在在香港岭南大学的许子东，当时他已经去香港了，刚去不久，他还从香港带过来一个姓张的女博士。还有吴亮、李劼，北京的有曾镇南、朱向前，还有陈志红，一个女评论家，原来是《南方周末》的副主编，现在好像是南方出版社社长。因为是《钟山》跟《文学评论》一起合办的，就还有陈骏涛和《文学评论》的一些人，《钟山》的一些人。当时其实我还没调到《钟山》，《钟山》正在酝酿着把我调过去。这个会之前，大概是在1988年的六七月份，我和《钟山》的两个副主编徐兆淮、范小天，在北京的川鲁餐厅，就在团结湖这块儿，现在没有了，大概就是现在盈科中心那个位置，我们三个一起吃饭。当时是夏天，我们喝着啤酒。我当时在《文艺报》工作，他们就说准备在10月份搞一个会，讨论什么话题能引起兴趣。徐兆淮的办刊方向是倾向于现实主义的，范小天是比较倾向于'新潮''实验''探索'的，也就是所谓'先锋文学'的方向。我说，其实可以把你们两个人的观点合起来开一个会，因为从当时 1987 年、1988 年创作的一些情况看，虽然不能说'现实主义'与'先锋派'合流，但是确实出现了很多交叉的现象，互相之间都有借鉴或者变化吧。不像 1985 年的时候，现代派和现实主义好像是壁垒森严的。当时比如刘恒、刘震云、方方，包括朱苏进、余华的有些小说，貌似现实主义，但是很多方面又和现代主义、后现代主义有交汇的地方。所以，我提的这个话题，他们就觉得挺好。正好这个话题和《钟山》这两个副主编的趣味也比较吻合。所以，这个会之前确实是有在北京的一个酝酿过程,有事先的谋划和筹备。当然，他们到北京来，本身就是为了和《文学评论》找一个合适的话题，找一个能够让所有的评论家关注的焦点。"①

从贾梦玮、何同彬材料看，这是一个"编辑部故事"。而从王干的叙述看，它还有一些延伸性的细节，比如无锡工人疗养院、北京团结湖旁边的川鲁餐厅、喝啤酒、争论用什么题目才更合适，等等。在这次北师大的"《钟山》与新时期文学进程"研讨会间隙里，我曾私下跟丁帆教授建议，是否可以将"新写实文学"提倡的前前后后做一些系列访谈、口述史，利用南京大学中国现当代文学雄厚的研究团队开展此项工作。我们这些做文学史的，不做这些历史整理工作，等到 20 世纪 80 年代文学的当事人纷纷退休、离开文学现场的时候，这些史料文献就可能散失净尽了。有谁还会对上一代人的文学故事感兴趣呢？其实，不单是《钟山》发起的"新写实文学"运动，中国作家协会、中国社会科学院文学所"伤痕文学"的提倡，这两个单位的批评家与新时期文学的纠葛，复旦大学、华东师大批评家与"新潮批评"，等等，都应

---

① 赵天成：《80、90 年代之间的"新写实"——王干访谈录》，《文艺争鸣》2015 年第 6 期。

开展必要的访谈和口述活动，把这一个工作搬上重要的议事日程。最好还约请合适的学术杂志来配合，比如《扬子江评论》《文艺争鸣》等。当然，这事说起来容易，做起来难，它需要很大很大的心力。

我在一篇讨论作家年谱编撰的文章中，谈到口述史将会面临当事人的难题。因为做杂志史研究，必然会涉及很多当事人，会产生相类似问题："我们知道，作家年谱类似于作家小小的传记，更详备的年谱，真正做起来，甚至比写一部作家传记还要麻烦，因为年谱不仅记述作家大致的人生轨迹，而要一年一年，甚至一月一月的活动事迹都不能落下。如此烦琐麻烦的工作，假如没有一套作家全集做基础，基本是不可能开展的。另外，由于'20后'作家是在50至70年代这个历史空间中活动的，很多作家都曾担任中国作家协会各省市分会的领导职务，在他们的生命史、活动史中，纠缠着非常复杂的人事关系。要抢救资料，除许多光明正大的资料外，还有不少处在历史阴暗角落的资料。这些资料如果从作家亲属、故旧、学生、部下那里获得，可以说非常艰难；假如寻找旁证，从别人那里查勘、校对、问疑，拿到杂志上发表，是否会被作家亲属起诉、责难，也很难说。在现代文学史研究中，有所谓鲁迅儿子起诉《鲁迅全集》的版权纠纷、有茅盾亲属质疑研究者事涉传主个人生活的冲突，都已是先例。那么涉及政治，尤其是涉及人品、道德问题，将会是如何敏感？怎么评估都不算过分。"① 我前面所说，说起来容易，做起来难，主要就是这个意思。

"文学思潮"是文学转折期必然会出现的现象。它在攻破前

---

① 程光炜：《当代作家年谱的编撰》，《光明日报》2017年9月4日。

一阶段文学戒律的同时,也在培养造就另一代文学新人。"文学思潮"最清楚地标明这一阶段文学不安分的性格,怀疑与推翻,成为它最主要的性格。但"文学思潮"也在推动文学的自我更新,无论文学观念、创作方法、文人交际方式和聚散还是办刊的思路,都处在今非昔比的过程当中。在以"文学思潮"为总面目的20世纪80年代,"伤痕文学"因北京而起,"新潮小说"因上海而起,而《钟山》及其批评家群体意识到,思潮性的文学运动,是需要一拨又一拨的力量去推动的,它也要扮演更重要的历史角色,而且由于当时大家已开始对鼓吹形式探索的"先锋文学"产生了严重不满,认为它越来越脱离中国社会的实际,离"文学为人生"的目标越来越远,变成炫技的文学表演,于是产生了总体反思的要求(当然,先锋文学对冲破文学僵化壁垒,提高当代小说创作的技巧功不可没,也不必讳言)。《钟山》倡导"新写实文学"根源于此。有意思的是,自当代文学在1949年登场以来,除《文艺报》等批评报刊,还没有一家纯粹文学杂志去主动推动文学的新变的,遑论发起"新写实文学"这场文学革命了。这就找到了"探求者"的历史基因。在南京,乃至在江苏,"探求者"不单是一个偶尔出现的同人性的文人社团,它已经成为一个"小小的文学传统"。正是这种传统的影响,南京和江苏的批评家才愿意有更重要的担当。他们不会主动把自己的历史边缘化。他们要为中国当代文学做一点什么。我认为,这才是"新写实文学"在南京的《钟山》被提倡、被鼓动的真正原因。但历史终可以看到,"新写实"是一次扭转中国当代文学路向的重要事件,对新时期文学产生了无可替代的重大的影响。

自然,我们也不能把褒扬都奉献给一个被纪念的对象,在这一过程中，也还得有反思，有文学史的清理。正像先锋文学打破文学教条主义，促使小说创作回归文学本身，但同时，它的矫枉过正，也导致了现今作家脱离历史现实轨道，失去了现实主义作家那种对社会现实的极高的敏感性一样，新写实中的有些作家，热衷于日常生活叙事，却乏于对大背景的把握，可能与此有关。我们提倡"新写实"文学，但它与19世纪的现实主义是一种什么关系，它是否就是自然主义的回归？如果不是，那么我们提倡主张的"新写实"究竟指的是什么，等等。因为我们当时面对的是一个活跃而仓促的文学年代，面对的是一帮亟不可待呼吁创新的作家，文学理论的提倡与具体作家的创作之间，究竟会分出几个歧路，也都无法把握和控制。这都是在我们回顾反省这个杂志的历史贡献的同时，看到的另一种东西，是一种即使称之为历史遗憾，也无法再去弥补的东西。这就是文学史的丰富性所在。虽然这段话只是文章的延伸性议论，无关文章的主旨。

综上所述，我把《钟山》定位为"同人性""本地性"与"全国视野"相结合的一个重要文学杂志。它的四十年办刊史，早已成为中国当代文学自身历史的一部分。而它的独特性，并非所有的研究者都已注意到。相信不远的未来，它会成为文学史研究的重要对象。不过，也应汲取现代文学研究杂志的教训，凡文学杂志都有它们的共性，但因地域、文学生态、当事人等多重因素的机缘巧合，它们也都拥有自己鲜明的个体性特征。从这些个体性入手来研究一个杂志的办刊史，必然会牵出一个地方文学史，一个编辑部故事，会牵出我们过去可能根本没想到的许许多多的文学史的秘密。

2018 年 5 月 21 日

研究当代文学史之理由

一

我上中学的时候，可能是受学工科的父亲的影响，有一个时期对无线电发生了浓厚兴趣。母亲托在上海的大舅，给我买来一套五十多块钱的收音机零件。这在 70 年代，是大学毕业生一个月的工资。于是在上课之余，我大部分精力都投入到装配一个简装收音机中去。这个"工科生涯"大致持续了一两年时间，虽然只是一个装收音机的小儿科，但无形中培养了我的动手能力、钻研精神。在整个初、高中时期，乃至下乡的两年间，我最大的愿望是将来成为一名工程师。

我那时还是一个"军事迷"。因为随父母离开城市到大别山北麓的一个小镇，接触军事杂志和图书很难，只能与一帮半大的男孩儿下军棋。天天为军、师、旅、团长的摆兵布阵伤脑筋，为输赢争执吵架。尽管棋技不能算高，可潜移默化当中，慢慢悟出了一些军事方面的浅显道理。你下棋的每一步，实际是在琢磨对手，大家都埋头于棋盘，然而心思却在相隔半米的对手身上。可以设想一下，一场大规模的战争，双方指挥员也许千里之隔，但或许双方感觉只半米之遥，他的呼吸等一举一动，仿佛就在眼前。这真是一个非常奇妙的经验。喜欢军事和战争，当然与那个年代的政治文化教育有关，这也是一个男孩子成长过程中必要的一课。

下乡的第二年，一个当兵的机会来了。我踊跃报名，以为可以就此实现当兵梦，将来说不定还能做个将军。这场好梦，被农场的民兵营长击碎。他是复员军人，平时沉默寡言，与我接触不多，但知道我喜欢文学，喜欢写东西。因此，在我向他讨要体检表的时候，这位好心的兄长悄悄地劝阻我说：你有文才，当兵说不定可惜了。

1977年，高考恢复时，我曾想报考工科大学，父亲劝我读文科，至今我不知道其中理由。四年中文系的生活，让我渐渐远离了工科梦和军事梦，对诗歌创作发生了兴趣。大学毕业时，我俨然成为省内一个有名的青年诗人，至此，我离中国当代文学又近了一步。

二

大学毕业后，我在一个省会城市的某机关，做了一年多的公务员。之后从文，调到一所大学中文系当教师。1983年到1991年，我先后在河南、湖北的两所大学中文系任教，当过助教、讲师，因在《文学评论》发表过两三篇文章，破格当上了教授。1992年，我考上武汉大学中文系的中国现当代文学专业的博士研究生，师从著名新诗研究专家陆耀东教授，研究中国新诗。说来奇怪，我年轻时喜欢写诗，后来专写诗歌评论，但对研究新诗却没有兴趣。到考虑博士论文题目的时候，陆老师认为我有写诗、评论诗的基础,建议我还是选择中国新诗方面的研究题目。

1995年夏,我被分配到中国人民大学中文系任教,面临着一个如何确定研究领域、为将来学术发展谋篇布局的问题。当时的北京学界,因为历史的关系,中国现代文学研究是三足鼎立的局面,学术团队和资源基本由北大、师大、社科院三家掌握。人民大学虽曾有以林志浩教授领衔的现代文学研究阵容,但因林先生的离去,这个阵容基本不复存在了。我感到了孤立自守。这是我决意离开现代文学,转向中国当代文学史研究和批评的一个初衷。

当时,也包括后来的若干年,我与北大的洪子诚、李杨,社科院的孟繁华等先生交往较多,以后还有陈晓明、贺绍俊、陈福民、张清华等朋友。这可能是一个所谓的"圈子"吧。但学术研究,除掉圈子因素,主要还是个人独立的研究兴趣、领域和工作方式。一个凡是想在某个领域做点事情的人,一定都是孤独的人,基本与世隔绝的人,当然,精神追求还在当代社会。中国当代文学领域,批评很强,学术较弱,而且寂寞。从事文学史研究,尤其如此。我所在的中国人民大学,有两个非常好的传统,一个是五湖四海,另一个是十分自由。在教育部最近十几年主导的"学科评估"中,人大前三次都位居全国第三,仅靠文科一半学科就拿了第三,与上述传统不无关系。在这种学术环境中,老师们可以根据自己的兴趣做相关的研究,形式可以说百花齐放。我清楚自己是这方面的受益者。

从2005年到2018年的13年间,我在人大文学院中国现当代文学专业博士生中,主持一个"重返八十年代"的博士生工作坊。关于这方面的情形,我在其他地方已做交代,这里省略。对于我来说,这个工作坊不仅是我立身人大的学术立足点,某种程度上,也使我有机会比较深入地进入到中国当代文学史研究领域之中。关于相关心得，我也已在很多文章、访谈里谈过。

从1999年开始的另一个中国当代文学史研究的浪潮，北大的洪子诚、李杨、贺桂梅等教授贡献最著，另外，还有复旦的陈思和、南京大学的丁帆等先生，也包括上海大学的蔡翔教授等。凭我对当代文学史研究分工的观察，在一段时间内，集中一些精力，集中一批学生，在80年代文学领域开展一些研究，可能是人大的优势。当然，这还只是初步的研究，主要是积累经验，探讨研究方法，另外，在可能的情形下，编选一些当代文学史的研究资料。我想，在一个学者的有生之年，所能做的工作，也不过是上述这些的点点滴滴。

2017年，承蒙人大研究生院领导厚爱，让我代表教师在全校新一届博士生开学典礼上发言。我就讲，这些年的博士生培养教育，采取的是一个工作坊的形式，不一定都是顺风顺水，但也会有若干收获。这就是，让人大的中国当代文学史研究，在全国学界不至于落后。其中有一些毕业的博士生，似乎还走到了很多985高校的前头。当时在场的校领导和研究生院领导，对这个话题颇有兴趣，步下主席台时，也交谈甚欢。但我心里深知，一所大学的课堂，大概就是所谓的国家实验室，每位老师和学生的研究，都在这些实验室里发生。一代代人，走的都是这样的道路。对一个在此就职几十年的老教师来说，内心的欣慰莫过于此。

三

在给这个文学史家别册的自述中，我写过这么几句话，抄录如下：

> 我出生于20世纪50年代中期，从出生到1978年3月考上大学，经历了"文革"、改革开放等一系列重大历史事件。有些事件因为年幼，印象模糊，有些事件，则伴随着自己的成长，比如"文革"、改革开放。这种人生经历，决定了我看世界看问题的方式，对我后来走上学术研究的道路影响甚大。尤其是17岁到20岁下乡的生涯，一方面感受到农村农民的真实生活，另一方面也在艰苦的劳动中培养了某种社会使命感和责任感。如果没有改革开放和恢复高考，我大概已经在农村待了四十多年，变成一个地道的农民，不过，这对一个人来说未必都是坏事。

后面几句话可能有点夸张，但多半说的是老实话。确切地说，就是我经常跟学生们讲的"历史感"。或者说，是一种具有"当事人"身份的"历史感"。自然，并不是所有的当事人都能通往比较适当的"历史感"的，中间，也许会因不同的遭遇和历史记忆而扭曲、改变、走样，不一定是理性的研究的态度。我的意思是，作为研究者，也要经常对自己这种当事人身份加以反省、讨论。当然，与一般不具有当时时代体验的见证经验的后来的研究者相较，这种当事人意识，对于研究对象来说仍然是十分重要的。在《历史学的理论和实际》中，克罗齐说：只有对现在生活有兴趣的人才能研究过去的事实。换句话说，只要过去的事实与现在的兴趣打成一片，它就不是只针对某一方面。"一切真历史都是当代史"。

所以，他反对死的编年史，主张活的编年史，研究者必须赋予它们的是意义而不是联系，因为真正的历史，只有在精神生活中才能够产生永恒的价值。在这个意义上，对于研究者来说，非常重要的工作就是：

> 寻找和发现那隐存于外表的人心中的内在的人，"看不见的人""核心""产生其他一切的那些能力和感情""内心的戏剧""心理"……
>
> 如果我们真能使人物与事件在想象中重新复活，如果我们能思索他们的内心，即能思索直觉与概念的综合，即具体的思想时，历史就已完成了。①

克罗齐在这部著作中，不仅不反对当事人身份，反而十分强调那种具有参与感的历史研究。

在年轻的时候，学术研究一般会跟评职称、出名挂钩。人非草木，岂能没有欲望？这也是人性使然。等到经历了很多历史事件，看过很多难以想象的事实之后，人会发现，自己所谓的历史研究、文学史研究，实际是在为历史作证，是为"留史"，给自己见过的历史留个记录。不管这种记录后来人是否认可，是否怀疑。作为每一场历史事件中的当事人，他都应该有责任把见闻、感受、思想活动记录下来，当然，它还是一种比较超然的、理智的叙述姿态。

---

① ［意大利］贝奈戴托·克罗齐：《历史学的理论和实际》，傅任敢译，商务印书馆，2005，第2、8、56页。克罗齐在这部著作中，多次谈到研究者的感情对研究对象的投入，强调历史研究是一种具有历史温度甚至是强烈的历史参与感的思想学术活动。

在跟学生们一起研究 80 年代文学中的人与作品时，我常常产生这样的好奇心，比如，怎么理解王蒙《布礼》中的"忠诚"问题，怎么理解张洁《爱，是不能忘记的》中的"爱情"问题，怎么理解路遥《人生》中高加林与巧珍在大马河桥畔痛不欲生的分手？这只是抛弃吗？抛弃所牵涉的历史活动、历史感情究竟是什么？它们真的都是应该随着那段历史消失而成为过去，变成没有意义的东西了吗？通过读作品，读他们的传记资料，读相关的文献，我发现事情并非这么简单，尤其是克罗齐上面所说寻找和发现那隐存于外表的人心中的内在的人，"看不见的人""核心""产生其他一切的那些能力和感情""内心的戏剧""心理"，这样的研究工作，难度尤其巨大。给历史留下记录，不等于是留下大量繁复的历史材料，而是要透过这些材料去触摸"外表的人心中的内在的人，看不见的人，核心"，产生那一切的能力和感情，"内心的戏剧"和"心理"。也即是说，通过触摸这些东西去深刻理解那个年代的人的悲欢离合，这些悲欢离合中的历史面貌、历史轨迹，以及历史的整体性。

四

而当代文学，是最具有历史活动丰富性、最具戏剧化的一个时期的文学样态。作为研究者，不仅要面对自己的历史经验，还要根据历史观察、历史文献，把过去的事实组织起来，变成对历史活动（作家作品、文学思潮、流派和社团等）的一个有效的理解。这中间事无巨细，对研究者是一个巨大的考验。我与作家王朔是同代人，并不以为对他作品的排斥性的批评都有道理，然而，这个作家的独特性，他的小说《动物凶猛》与历史的关联，不仅没有在这种排斥性的批评中得到解释，反而因为研究者对这位作家的反感，越来越有一种简单化的问题。我写过一篇研究这部作品的文章，其中写道："事隔四十年，我对自己是否有能力在《动物凶猛》的械斗——中国六七十年代变革——欧美左翼青年运动之间建立历史联系，并作有效的分析毫无把握。尤其是当历史的结论还在移动、删改和自我修补的时候。处在这个节点上的所有研究者，只能把某种良知作为基本出发点。在我来说，历史的真实性其实就是细节，小说的价值也在细节。"意思是，不能根据对这位作家印象的好恶来裁判其作品。在经过一番比较细致的文本分析后，我接着写道："王朔不是一个简单的作家，至少是一个不能再用简单标准去看待的作家。这篇小说非常不简单地写出了大风暴边缘的'街区一角'，写出粗暴年代人们身上残存的一点情。在反映'文革'的小说中，这还是我头遭看到作家用这种叙述方式去塑造复杂独特的少年的形象。"①

我和王朔都是那个时代的当事人。我们理解那段历史的角度、方式，也许会因我们不同的身份（作家和学者）、不同经历而有所不同，但我们都想用文学作品和文学批评与那个时代产生关联，尽管建立这种复杂多元的关联，是多么不容易。

这就要回到文章开头，我对自己经历的叙述当中。我的当代文学史研究，好像只是在学术层面上发生，在我的书斋里进行，但实际上，所想所思，无一不与我过去经历过、见证过、感触过的事物发生紧密的联系。现在看来，当代文学史研究是一个面向

---

① 引自拙作：《读〈动物凶猛〉》，《文艺争鸣》2014年第4期。

七十年当代史的研究，是一个面向广阔社会历史生活的研究，至少，前面无一不被研究者纳入他的历史情怀、历史感受和历史视野。甚至有时候，我们感觉是在与作家作品对话，而其实，是在与自己一生经历过的人与事对话，包括其中的死者和生者，包括过去数十年历史的潮起潮落。如果说，我的当代文学史研究存在什么理由的话，我想这可能是其中之一吧。

2018 年 6 月 13 日于北京亚运村

以历史回溯眼光看"先锋小说"

一

2015年是"先锋小说三十年",北师大"海外写作中心"邀请数十位著名批评家、小说家和海外学者参加这个国际研讨会,在国内尚属首次,意义非同寻常。著名批评家吴亮在发言中指出,"先锋小说"兴起的一个主要原因,是新一代作家想为自己争取到一个新的"文学空间",这就一下子凸显了先锋小说在中国当代文学史上的位置。

对于"十七年文学"来说,"先锋小说"确实有重新洗牌的意味。如果说前者对流行的社会观念采取全盘接受的态度的话,那么可以说,后者抱着的是一种"不承认"的态度。例如,在1989年写的《我的真实》一文中,余华曾表示:"我觉得我所有的创作,都是在努力更加接近真实。我的这个真实,不是生活里的那种真实。我觉得生活实际上是不真实的。生活是一种真假参半的、鱼目混珠的事物。我觉得真实是对个人而言的。比如说,发生了某一个事件,这个事件本身究竟是怎么一回事,并没有多大意义,你只能从个人的角度去看这个事件是怎么一回事。所以，我在1986年开始写小说以后，就抛弃了传统的那种就事论事的写法。如果你在现实生活中找到一件事情的话，就会遇到这样一个难题，你只能写出事情本身所具有的意义，而没法写出更广阔的意义来。所以，我宁愿相信自己，而不相信生活给我提供的那些东西。所以，在我的创作中，也许更接近个人精神上的一种真实。我觉得对个人精神来说，存在的都是真实的，是存在真实。"① 这在"探索""创新"都不成问题的今天，我们再看这种很叛逆的观念，会觉得很平常，没有什么新意，但在文学转折年代，它的意义就跟一场"文学革命"不相上下，是振聋发聩的，等于是把我们的文学系统完全置换掉了，换上了一套"认识性的装置"。正因为抱着"不承认"的态度，你会发现人们原来很熟悉的当代小说的人物画廊上，出现了一批非常陌生的人物，例如余华《现实一种》的山岗、山峰兄弟，苏童《妻妾成群》的颂莲，莫言《红高粱》的余占鳌。这些曾是生活边缘上的小人物，如今都回到当代小说的人物画廊里来了。如果按照"十七年文学"档案规定的标准去要求，这些人物可能只能出现在改革开放的年代，不可能在前一阶段有任何存在的空间，因为这份档案安装着一个屏蔽、清洗的程序。也可能这种程序失效了，结果造成了这些"先锋小说"描写的边缘人物的"归来"。

今天看来，"不承认"的意味可能很暧昧很丰富，涉及当代文学史中的很多线索。但是，至少有一点我认为是应该指出的，这就是"先锋小说"艺术上的创新。这种创新首先表现在，它不

---

① 余华：《我的真实》，《人民文学》1989年第3期。

想按照规定好了的理论从事文学创作，要根据自己对社会现实的观察，根据自己对什么是真正的小说的想法去创作，包括如何塑造自己的人物。陈晓明曾评论苏童的人物总是受情欲的驱使，毫无指望地抗拒命运，但又事与愿违，那些家庭破败的内涵因而非常的丰富。① 这可能指的是《妻妾成群》里那个原来是女学生的颂莲。到这个旧家庭中被迫给人做小，还要在几个女人中被挤压、被算计，这样人性就变异了，脱离了女学生单纯天真的轨道。旧社会体制对人性的扭曲，在中国传统小说例如晚清小说中是非常普遍的。苏童可能承袭了一点旧小说的写法，但他这里面有创新，就是用新社会的眼光来看旧社会，用当代文学史的眼光来看传统旧小说，包括那里面的人物命运。这种从"外部"视野去重写旧小说的笔法，单纯以一个作家与另一个作家比，不算是创新，但是放在七八十年代文学转折的框架中，艺术创新的意义是非常大的。苏童那批写妇女形象的短篇小说一出来，马上引起了轰动，也一下子奠定了这位年轻作家在文学史上的地位。不过，值得注意的并不是苏童在塑造颂莲这个人物时如何借重中国传统小说的资源，汲取它长于白描的叙事技巧，而是作家对之前的社会流行观念采取了"不承认"的立场。我们发现，"十七年小说"背后那个"大历史"被抽空了，那代作家对其真理性的指认和渲染不复存在。如果这样去分析，颂莲这个人物实际上是没有历史背景的，她是一个被抽空了历史背景的文学形象。因为按照颂莲与她丈夫和几个太太的关系，她被放在哪个时代背景上都是可以的，没有问题的，例如春秋战国、唐宋元明清或者晚清。这种反抗时

---

① 陈晓明：《表意的焦虑》，中央编译出版社，2002，第94页。

间限定的小说,即是中国的传统市民市井小说,而背景模糊和人生无常则是这类小说的基本特色。

于是这样,我们就发现所谓"先锋小说"是一种"脱历史"的文学类型,它是以脱历史的方式去重建对于历史的解释权,或者按照吴亮所说,是在争取一个新的"文学空间"。这正如批评家李劼当时就指出的一样:"当内容不再单向地决定着形式,形式也向内容出示了它的决定权的时候",它就会"因为叙述形式的不同竟会产生截然不同的审美效果"。在这种情况下,他感觉自己终于为"先锋派小说"创立了一个正确的命名:"从1985年开始的'先锋派小说'是一种历史标记。这种标记的文学性与其说是在于'文化寻根'或者现代意识,不如说在于文学形式的本体性演化。也即是说,怎么写,在一批年青的先锋作家那里已经不是一种朦胧不清的摸索,而是一种十分明确的自觉追求了。"①

二

假如把三十年前的"先锋小说"拿出来重新阅读,会发现我们所说的"脱历史"并不是只发生在苏童一个人身上的,像马原的《虚构》《冈底斯的诱惑》、孙甘露的《访问梦境》、余华的《十八岁出门远行》和洪峰的《瀚海》等等都是如此。如果从文学史的角度看,这些没有自己历史的人物既无法归入十七年的文学谱系,也无法被传统的现实主义文学所接纳。《十八岁出门远行》写了一位年满十八岁的小伙子初次单独出门闯世界的经历,

---

① 李劼:《试论文学形式的本体意味》,《上海文学》1987年第3期。

主人公莫名其妙地离家出走，一个人在旅途漫无目的地走路。看上去像是一部"成长小说"的序曲。"我"模仿着成人，与外面的世界打交道，与卡车司机搭讪、递烟，得到的却是冷漠的拒绝。遭受冷遇只是厄运的开始，外面的世界在年轻的"我"看来是那样的难以理喻，不合逻辑，"我"试图亲近外面的世界，得到的却是暴力的回报。现实在"我"面前展示了一个无法理喻的怪异的世界：运苹果的卡车司机伙同他人抢劫了自己的货物，又与同伙们一起扬长而去；"我"因为保护苹果而被打得遍体鳞伤，最后只好与同样被抢劫的遍体鳞伤的汽车在一起。走进这篇小说内部，读者会察觉，"历史"并不是支配作家作品的支配者和立法者。相反，它被轻易地拿掉了，而且那时候的读者也都深以为然，对这种去历史的文学主题表示了认同和接受。但是，当很多年后更年轻的研究者把这篇小说重新放入历史框架，采用"文学史反思"的角度分析它时，这位年轻研究者对《十八岁出门远行》的批判性反思就变得有意思了。李雪不客气地指出："面对这样一个故事被分解得支离破碎、情节被扰乱得因果失调的小说，我最大的疑问是，《十八岁出门远行》何以被公认为余华的成名作，这样一篇看似如此之简单的小说，何以成为不断被提及的重要作品，之于余华、之于'先锋小说'，它发挥了哪些秘而不宣的作用，它的被'经典化'又与'先锋小说'有怎样割舍不断的联系。"在花费很大精力说当时"先锋小说""创新思潮"如何利用"历史的空当"赋予这种作品以新的合法性之后，她认为，在"87后"的语境中，"87先锋小说"被视为是一种对抗性写作，一种"冲决旧的文学教条和旧的意识形态"的写作。因此，只要违反前者历史规定性的创新小说，并不因为它们的"脱历史"而受到指责，相反，这种毫无理由的"脱历史"反而提高了作家作品的声誉地位。"《十八岁出门远行》作为一种存在的事实，它本身的涵义并没有那么丰富，若说《白鹿原》可以脱离陈忠实单独存在而获得某些意义，那么《十八岁出门远行》只有进入到余华的写作史中，与其前后期的创作相联系，才能彰显出它的重要性。"李雪实际尖锐地指出了对于一个成熟的小说家来说，"脱历史"的小说叙述是比较简单的，而重新面对历史题材，并在这种题材中注入自己深邃的思考和分析恰恰是最难的。"脱历史"叙述使"先锋小说"在历史转折期争取一个新的"文学空间"而获得了极大契机，但与此同时也成为他们八九十年代"文学转型"的最大障碍。①

到了90年代，社会问题大量积压增多，也给"先锋小说"创作的转型带来压力和机遇。研究界一般都认为"转型"的动力来自文学内部，殊不知，这种外部因素恰恰也是推动它自我反省和加速变革的力量。但是，对于更多"先锋小说家"来说，由于曾把"脱历史"奉为神明，而他们小说的训练也多从"叙述"这种抽象的写法中来，这就使他们再去书写大历史故事的时候异常笨拙。余华的《活着》《许三观卖血记》和《在细雨中呼喊》曾被视为"先锋转型"的典型事例，但大家忘了，它们虽然可称为作家本人的"杰出三部曲"，但并不是真正意义上的写实性的长篇小说，而只是三部小长篇。它们只是给《现实一种》《河边的错误》这些前期中篇小说中加入了人物时代背景，增加了故事和写实元素，尤其是放进了鲁迅这个文学传统，把中篇扩容为小长篇。但那不是强调重视史诗性叙述结构、众多人物塑造和贯穿性

---

① 李雪：《〈十八岁出门远行〉：作为原点》，《中国现代文学研究丛刊》2012年第12期。

大历史故事线索的经典的长篇小说，因为这种小说有一个前提，那就是作家作品回应和解释历史生活的巨大能力。在今天看来，余华之后推出的《兄弟》《第七天》已经非常努力了，显示了进军史诗性长篇小说的宏大抱负，但仍然被评论界诟病不断，原因即在于此。苏童的《河岸》《黄雀记》也是如此。他想把旧小说的资源、写法纳入到书写现实社会生活的长篇小说创制里，然而二者被发现是不兼容的，尤其是对于苏童这种弱于思想建设的作家来说，就更为艰难了。相比之下，格非却有抢眼的表现，例如长篇小说《春尽江南》和中篇小说《隐身衣》就是例证。在这一轮先锋小说的"集体转型"过程中，马原、洪峰、残雪等等都已出局，已是不争的事实。相反我们能够看到，原先与"先锋小说"若即若离的其他著名作家，如贾平凹、莫言和王安忆的转型，倒没遇到多大困难。因为他们本来就不是宣布"脱历史"的作家，他们80年代的小说都有非常结实的历史内容，虽然笔法各异，视角不同，但都避免了"先锋小说"这个"可持续发展陷阱"，也是在"先锋小说"的历史洪流之外，必须看到的另一个事实。

三

从争取新的"文学空间"到"脱历史"的叙事建设，我们才得以看清楚"先锋小说"在中国当代文学史上的历史故事。值得提出的问题是，当三十年过去，以惺惺相惜的口气和态度强调"先锋小说"的贡献的文章很多，但理性反省尤其是从文学史角度认真清理的文章却凤毛麟角。这并不是一件好事情，即使对于"先锋小说家"本人也未必都是好事。

对于已经从"先锋小说"阵营脱胎而出,成为人们心目中的"大作家"的那些作家而言,他们是怎样重新去面对19世纪现实主义的文学传统,我曾在《六十年代人的小说观》一文中与一位作家朋友做过对话,有过初步的探讨。我在这篇文章中指出:"蕴含着真理的'总体生活'是否已经过去,'道德'不再是小说的中心,它已逊位于人物性格了吗?这样的逻辑推演究竟能不能成立?它的理由和根据是什么?另外,如果很多阅读者和批评家对小说的感受和要求还停留在19世纪经典年代,而现代小说为什么就置其不顾,可以走得很远,这样的命题是基于什么理论成立的?这类问题其实可以平心静气地讨论,而且在我看来,对它的讨论不是可有可无的。我们知道,在传统文学理论中,文学尽管具有超阶级、超时代的性质,但总体上能够与时代潮流保持同步性,因为有这种一个时代才有一个时代的文学的文学史规律。""19世纪的小说非常强调对'总体生活'的提炼和概括,正像他前面所说'19世纪以前的小说家,是神的使者,是真理的化身,是良知的代表。他是超越生活的,是无法被同化的'。"[①] 但是我知道,具有"先锋小说"历史情结的作家不一定都接受这种文学史劝慰。他们即使理智上接受,然而由于写作的惯性已经走得很远,自身小说创作范式已经定型,再想与19世纪文学传统兼容,又谈何容易?对于一个作家来说,他每天的写作都要面对非常具体的创作的问题,如主题、题材、构思、人物叙述、作品基调、细节、对话等等。文学批评和文学史研究,对于作家来说只是一个创作时的参照,是一个有意无意的提醒,虽然大多的时候,这些提醒

---

① 参见拙作:《六十年代人的小说观》,《文艺研究》2015年第8期。

是无益于创作本身的，有时甚至是损害很大的，当然，有的时候又是非常必要的。

也不是没人以历史回溯眼光对"先锋小说"做文学史的检讨，洪子诚《中国当代文学史》（修订版，2008）中的一段话就挺有意思的："重视叙述，是'先锋小说'开始引人注目的共通点；他们关心的是故事的'形式'，把叙事本身看作审美对象。'虚构'与'真实'在作品中有意混淆、拼接，并把构思、写作过程直接写进作品，参与文本的构成。与传统'写实'小说竭力营造与现实世界对应的'真实'幻象不同，马原明白交代创作就是一种编造。'我就是那个叫马原的汉人'是经常出现在他的小说中的句子。'虚构'是他的一篇小说的题目，里面交代小说材料的几种来源，和多种不同的处理和选择。不少'先锋小说'的叙述，大多只是平面化地触及感官印象，而强制性地拆除事件、细节与现实世界的意义关联。读者将难以得到通常小说有关因果、本质的暗示，和有关政治、社会、道德、人性之类的'意义'提升。这种写作，开始对小说界发生巨大的冲击。它们拓展了小说的表现力，强化了作家对于个性化的感觉和体验的发掘；同时，也抑制、平衡了80年代小说中'自我'膨胀的倾向。从这一点来说，其意义不仅是'形式'上的。当然，'先锋小说'不少作品，在它们的'形式革命'中，总是包含着内在的'意识形态含义'。对于'内容''意义'的不同程度的解构，对于性、欲望、死亡、暴力等主题的关注，归根结蒂，不能够与中国历史语境，与对于精神创伤的记忆无涉。在'先锋小说家'的作品中寻找象征、隐喻、寓言，寻找故事的'意义'都将是徒劳的——这种笼统说法，并不完全是事实；只不过有关社会历史、人性的体验和记忆，有时会以另类、隐秘的方式展开。'先锋小说'总体上以形式和叙事方式为主要目标的探索倾向，在后来其局限性日渐显露，而不可避免地走向'形式的疲惫'。在八九十年代之交的'转折'的历史语境中，'先锋小说'作家的写作很快分化，大多数的'先锋'色彩减弱，后继作品也不再被当作有相近特征的潮流加以描述。"①

蔡翔、罗岗和倪文尖有一个《文学：无能的力量如何可能——"文学这30年"三人谈》的文学史对话，其中涉及"先锋小说"这部分，也值得拿来引用。罗岗说："我重读80年代文学，发现最容易跳过去的就是'先锋文学'这一段，这一段既不像80年代早期的文学——包括70年代后三年的文学——包含了许多问题、危机和克服危机的多种可能性，也不像'寻根文学'，与80年代前期文学相比，虽然'寻根文学'露出了'寓言化'的苗头，但它毕竟和'文化'问题建立了密切的联系，'寻根文学'对应的是'文化大讨论'以及相关的各种现代化方案。今天假设需要重读马原等人的小说，除了重复以前80年代和90年代先锋批评的那些话语之外，我们找不到更多、更新的方式和话语来讨论'先锋文学'，这恐怕也是一个值得深究的问题。"接着："换一个角度来看，'先锋文学'对于当代文学自有其重要的贡献。这里需要一种辩证思考，'先锋文学'的缺陷恰恰造就了它的优势：因为'先锋文学'切断了个体或主体与外部世界的密切联系，这使得它有可能专心致志地在语言和形式的层面上做各种各样的实验与探索。也许这些形式探索和语言实验放在一个更广大的文学与历史、文学与社会的联系中来看，它的价值没有想象的那么大。"

---

① 洪子诚：《中国当代文学史》（修订版），北京大学出版社，2008，第294、295页。

另外，他还指出："形式上的困境同样也是内容上的困境。在'先锋文学'中，认同的问题基本上是处于缺席状态。大到民族国家，小到家庭，'先锋文学'把所有超越于'个人'之上的集体性概念和结合性概念，都视之为体制性的压迫力量，然后再去挑战这个体制，却从来不继续追问，在反抗了所有集体性归宿之后，个人还需不需要共同体？那时候，'先锋文学'只满足于表现出一种挑战性的姿态。"①

洪子诚和蔡翔、罗岗、倪文尖对"先锋小说"功过是非的看法，是本文引入的另一观察视角，它作为最近对"三十年"正面肯定观点的差异性评述，放在这里做比较就更容易帮助我们开展必要的文学史反思。他们在书中和文中已经从不同角度提出了"脱历史"之后"怎么办"的问题。尤其是蔡翔等《三人谈》具体直接涉及了"先锋小说"当时的意义，这种意义已经设下创作陷阱，而这种陷阱终于在八九十年代"先锋小说"转型过程中暴露出来，至今还成为羁绊和障碍的时候，上述几位学者的文学史反思就具有了很大的思辨的力量。我们假如对整个"先锋小说三十年"开展整体性、系统性的研究，就不能只看到它在中国当代文学史上的特殊历史位置，而恰恰应以这个位置为思考的起点，重新建立整体性、关联性而不只是割裂性的学术研究的视野。我认为这是"先锋小说三十年"成为纪念性标志之日起，就应该提到议事日程上的一项基础性的工作。

2015 年 12 月 17 日

---

① 蔡翔，罗岗，倪文尖：《文学：无能的力量如何可能？——"文学这 30 年"三人谈》，当代文化研究网：http://www.cul-studies.com，2009 年 6 月 25 日。

论作品的寿命

一部文学作品的寿命，是文学理论家和文学史家经常津津乐道的话题之一。然而更多人愿意从作品经典化的角度入手，来分析文学作品存世的秘密。这自然是一个必不可少的因素。不过，我们也应该注意到文学之外的其他问题，例如文学教育、手稿和版本的发掘考证以及传记文献等等。它们就像是作家作品的亲友声援团，虽然不在"文学圈子"中，却能够有力地支配作品的命运，重塑它在历史上的形象。

一、课本与经典化

1997年，斯蒂文·托托西就在他的一部著作中指出，作家作品存活的时间有赖于文学系统的三个范畴："文本与生产者之间的美学交流，文本的处理过程，它的接受和生产后处理过程。"他特别指出："从许多因素中，可以由文学杂志和刊物的高度发达，大量的文学阅读，包括广播和电视，文学奖以及作家的社会地位等方面，观察在匈牙利经典的累积形成。重要的是，从文学体系的历时性和共时性角度来说,这些因素相对持久。"①托托西探讨了文学经典化及其传播的基本规则,他非常有意思地运用文学、社会学手法将这种观察置于多元视野之中。在他看来,没有通过各种载体的与读者的美学交流,想让作家作品为社会所知道,是不可想象的。虽然文学作品的受众层面颇为多元,但如果对某一受众群体进行精确的统计和分析,将会有利于问题的讨论。对更多非专业性的广大读者,即初、高中学生来说,他们最早的"文学入门读物"也许就是中学语文课本。这是他们走进文学世界的第一座栈桥。在这个年龄阶段的文学受众那里,中学课本所选文学作品虽然大多浅显,但它的传播作用却远在文学杂志、广播电视和文学奖等等之上。20世纪90年代后,人民文学出版社出版的《舒婷的诗》《海子的诗》这两本诗集曾在社会上广为流传,连年再版。由于受到两个选本的影响,舒婷的《致橡树》、海子的《面朝大海,春暖花开》这两首诗作被选入人民教育出版社和各地出版社的中学语文课本,成为几代中学生心目中的"圣诗"。作品温暖的基调和励志的指向,可能是它们深受欢迎的原因。但我们关心的是这些作品的传播效应,认为跟踪其在读者未来生活中的持续影响更有意义。对于后来走向社会从事各种职业的这些中学生来说,他们也许不知道贾平凹、王安忆、苏童和余华为何人,然而会记住这些诗篇中的句子,永驻他们心中的是20多岁时的舒婷和海子的形象。尤其是海子之死,由于当时媒体连篇累牍的报道渲染,几乎成为他们抹不去的温暖伤感的记忆之一。法国社会学家埃斯卡皮就曾注意到,没有哪位读者一开始就喜欢

---

① [加拿大]斯蒂文·托托西:《文学研究的合法化》,北京大学出版社,1997,第45、58页。

年迈的作家，青年作家有一个"占优势的年龄"。青春偶像对青年一代的影响，始终胜于成熟沉稳的精神范导者。经过中学课本刻意编选的诗歌作品，是在暗示中学生，舒婷、海子就是他们身边的姐姐哥哥，是与他们惺惺相惜的"同龄人"。就在老师讲授的过程中，两位诗人参与了每位中学生的成年仪式，作品和读者分享青春期的迷茫、探险性和精神快感。在这里，作品与读者实际达成了一项"成人礼"的契约协议，实现了"文本与生产者之间的美学交流"。这种现象证实了埃斯卡皮在《文学社会学》一书中的研究成果，他说，一位诗人的成名年龄在 20—25 岁之间，小说则多半在 30—40 岁之间。这些法国文坛才华横溢的才子们在比中学生大 10 岁的时候，就已经名满天下了：诺迪埃 30 岁，贝朗瑞 30 岁，拉曼耐 28 岁，司汤达 27 岁，巴尔扎克刚过 30 岁，雨果将近 30 岁，缪塞仅仅 20 岁。[①] 海子卧轨时 26 岁，这也是一个令人羡慕同时惋惜的年纪。

　　诚如托托西所说，文学经典乃是一个累积的过程。这种累积一般是指文学受众的数量，另外，也关涉到读者漫长的人生。从中学课本上知道这些作家的读者，当时只有 12—18 岁的年龄。离开中学校园后，他们就走向了社会的四面八方，向着各个阶层扩散。其中的大多数人虽然不从事文学批评和研究，然而他们在社会上拥有一定地位和岗位——尤其是一些显赫的社会地位——有些人还可能从事广播和电视工作，直到 60 多岁从岗位上退休。这样，漫长的年龄就构成了一个漫长而持久的文学传播过程。当然，他们已经不是严格的文学受众，但是通过他们向子女、亲友

[①] ［法国］罗贝尔·埃斯卡皮：《文学社会学》，于沛选编，浙江人民出版社，1987，第 22、23 页。

和朋友的口耳相传，就在更大社会范围内产生传播的效应。众所周知，中国古代四大名著能够代代相传，仅仅依靠文学研究者是不够的，文学经典的传播更多还是来自民间，即口耳相传这种古老的形式。于是在这个意义上，一代代中学生们仿佛变成了作家——读者之间再传播的桥梁。一部中学语文课本会影响人的一生，作家作品的生命就随着这漫长的过程而得以延续下来。

二、手稿、版本发掘和重印

显而易见，作品的寿命还取决于作家生前手稿和版本的不断发掘。有的著名作家生前手稿的被发现，甚至成为某一社会的轰动事件。法国人马克·德比亚齐就指出："'作品的手稿'讲述的是特定的故事，常常是令人惊讶的故事。例如，当作者开始隐隐约约有了自己计划的第一个想法到文本写完，修改好，又印刷成书，这期间所发生的故事。"他认为这种现象具有文本发生学的意义："假设这些起源的资料包括有关作品创作的重要信息，文本发生学主要是对这些手稿进行分析、整理和辨读，需要时予以出版，发生校勘学主要是对这一分析的结果做出解释，通过弄清其构思和编写程序的目标，力图恢复'处于生产状态的文本'的形成。"① 文学批评和理论家可能会倒过来想问题，他们对"作品手稿"里面包含的"令人惊讶的故事"的兴趣，明显要超出作品的文本发生学。因为前者联系着"作家传记"，它才是维系作家在公众中持久影响的最大秘密。

---

① ［法国］皮埃尔·马克·德比亚齐：《文本发生学》，天津人民出版社，2005，第1、2页。

韦勒克、沃伦的《文学理论》对此有过精彩的论述。在深入细致地考察了作品版本后，他们写道："《农夫皮尔斯》的手抄本现有六十种，而《坎特拉伯雷故事集》的手抄本现有八十三种。""惠特曼的《草叶集》在初版以后的各版中就增添和修改了不少诗篇；蒲伯的长诗《愚人颂》现存至少有两种迥异的版本，在这种情况下如要编辑评注本，则必须把各种不同的版本都刊印出来。"正因为如此，近几十年来，西方学者用力最勤的是对莎士比亚戏剧作品的校勘。校勘不是为了显示精湛的学问，而是其中隐藏着作家许多不为人知的秘密。"有人认为《莫尔爵士》一剧现存的手稿有三页是莎士比亚的亲笔手迹；基于此，人们仔细研究了伊丽莎白时期的手迹，这对于版本校勘工作具有重大意义，这种研究使得我们现在能将那些伊丽莎白时期的排字工人误看原稿而弄错的地方加以分类；而对印刷作业加以研究则可明白哪一类的错误有可能发生"。另外，"有一种令人信服的观点认为莎剧四开本（其中少数极糟的四开本不在此例）十分可能是根据作者的手稿或者题词用的那份台词本刊印成的。这个说法使得早期的莎剧版本再度拥有权威性，并使自约翰逊博士起便声誉日隆的莎剧对开本的崇高地位遭到一些削弱"[1]。由此可知，学者的兴趣在于研究发现作家作品所产生的社会影响，通过这种发掘和校勘，这些作品则被曝光，被再次经典化；在这种情况下，作品的艺术生命连同这些历史文献得以妥善地收藏和传播。而在一般读者看来，由学者发现的莎剧四开本的真伪这个"作品的故事"真够"令人惊讶"，这个作品以外故事在浩渺的时空里持续发酵，

---

[1] ［美国］韦勒克，沃伦：《文学理论》，刘象愚等译，三联书店，1984，第53—56页。

发生了非常奇异的作用。人们感到，1616年逝世的莎士比亚仿佛重回人间，再次来到当代读者的面前。他似乎从没有死去。这种情况在中国文学史也曾出现过。20世纪90年代后，由于夏志清的文学史上名著《中国现代小说史》一再重版、陈子善对作品版本的发掘与考证，尤其是张爱玲1995年在美国去世，"张爱玲热"席卷半个文坛。这位服装奇异、性格幽闭，但才华横溢的女子，穿越半个多世纪的岁月，重新回到青春期。读者牢牢记住了张爱玲20岁的形象，她好像从没有离开过大陆一步。

鲁迅研究专家王得后1982年出版的《〈两地书〉研究》，为研究潜藏在鲁迅书信集里的"作品的故事"提供了另一个认识途径。此书当时出版后，曾在研究界引起过一阵轰动，因为它大胆展示了作家不为人知的情感世界。鲁迅写给许广平的情书《两地书》不是手稿，是公开出版物，但它显然是研究者了解这位作家二三十年代心路历程的一个重要文本。学者王得后对鲁迅在书信集中给年轻恋人兼学生许广平起的外号、戏谑性的玩笑以及两人秘密的情话，都一一做了详细考证。书信还涉及作家与当时文人的纷争矛盾，为读者展示了他独特的性格，这应该是一部断代式的小型鲁迅传记。然而我们必须注意，《两地书》的研究，其意义并不亚于对蒲伯作品和莎剧版本的发掘校勘。公开出版的《两地书》在很多人眼里是另类的文学作品，但经过研究专家索隐式的探微细究，许多过去不为人知的故事得以呈现。《两地书》在这个意义上就由"作品"变成了"手稿"，对它的研究性发掘实际等于是再次经典化过程。另外值得举出的例子是当代小说家的"作品重版"。"书目上所记载的一个作品的重印次数与开本，有助于了解该书的成就和声誉。"①1990年后,随着王安忆、贾平凹、莫言、余华一跃成为"新时期文学三十年"的代表作家,他们的长篇、中篇、短篇小说和散文随笔集为国内出版社激烈争夺,版权经常变动,协议不断签订,同名作品被反复多次再版,已是公开的事实。因莫言刚获诺贝尔文学奖,这种情况不久会在他身上成百倍地发生。据不完全统计,《王安忆文集》就曾在作家出版社和江苏文艺出版社前后出版。二十八卷本《贾平凹文集》由陕西人民出版社推出后,又由其他出版社考虑购买版权重出。路遥三卷本《平凡的世界》的版权,刚被北京十月文艺出版社从人民文学出版社手里拿走。以上情况,可见这些作家作品火爆的状况。人们知道,作品再版在现代社会的意义类似于文化产品和商业广告的不断复制,不仅作家声誉不断加固,作品的寿命也得以延长。所以有人指出:"与作家利害攸关的是印数为几千册或几十万册的他的书。这种利益译成货币符号就是分红。在最近几个世纪中,随着文学逐渐意识到自我,出版商付给作者的钱改变了性质和意义。这不再是对转让所有权的补偿,而是与此相反,是一种版税,一种权力,它确认了作家对其作品拥有最高的权力。"②

由此人们惊异地发现,在作家增加财富的同时,事实上也在增加他们的文学名望,保存其作品的艺术生命。被发掘并加以考证的作品手稿在地下,而重印作品在地上,它们构成了所有作家的"双城记",它们也共同制造着关于文学作品的传奇神话。不过,

---

① [美国]韦勒克,沃伦:《文学理论》,刘象愚等译,三联书店,1984,第51页。
② [法国]罗贝尔·埃斯卡皮:《文学社会学》,于沛选编,浙江人民出版社,1987,第147页。

并不是所有作家都这么幸运，无名作家还在苦苦自费出版著作，即使先前已有文名的作家也不再会被版本专家和印刷机注意，据说王朔的小说在上海的当当网上已很难找全，明显出现缺货现象。更不用说那些曾经在新时期文学初期红极一时，但现在已被人遗忘的那些作家。文坛既是一个舞台，也是一个名利场，著名作家和作品的历史遗址能够在许多年重新被关注并被发掘，这足以说明伟大的作家尽管历经沧桑，但最后都无往而不胜。

三、作家的传记文献

对如何保存和延续文学作品的社会影响力，韦勒克、沃伦提供了另一个观察的路径："一个作家的社会立场、态度和意识不但可以从他的著作中，而且也可以从文学作品以外的传记性文献中加以研究。作家是个公民，要就社会和政治的重大问题发表意见，参与其时代的大事。"① 其实，如果进一步分析，可以认为作家的传记文献存在于两个历史层面：一个在他文学创作的高潮期，他作为社会公众人物发表的大量言论，不仅产生了巨大影响，而且也已经作为他的"传记文献"，为其文学作品增光添彩。值得提到的例子，是左拉《我控诉》这个轰动一时的著名演说。左拉像是以社会斗士来进行现实干预，他的文化名人身份显然加重了批判力量，这一行动显然又为他的作品影响加分不少。也就是说，作家的社会活动作为他日后研究的传记文献价值，实际在他生前就在帮助他的文学作品增值；另一个层面发生在他去世之后。

---

① ［美国］韦勒克、沃伦：《文学理论》，刘象愚等译，三联书店，1984，第96页。

众所周知，一个著名作家离世之后，他留在世间的不仅是他的文学作品，还包括关于研究他的大量的传记文献。如果对这些传记文献略加分类，它们包括以下几个方面：第一是作家朋友、亲属、学生，甚至敌人的回忆性文章；第二是研究者对他作品之外所有材料的收集和整理成果；第三是关于他文学创作的评论；第四是不断出版的作家的文学传记。这些文献，随着作家离世时间的长短会越积越多，最终堆积如山，它们共同组织了一个内容丰富而且充满矛盾和想象空间的"作家的故事"。

但是韦勒克、沃伦并不满足于一般意义的探讨，他们更愿意把作家作品的社会声望与被历史所放大的传记文献内容加以联系。他们指出，从作者的个性和生平来解释作品，是一种迄今为止最古老和最基本的研究方法。自莎士比亚时代以后，许多诗人"为他们所写的传记的资料已经变得丰富起来，因为诗人的自我意识程度已经提高，想到了他们将生存在后代人心目中（如弥尔顿、蒲伯、歌德、华兹华斯或拜伦），因而留下了许多自传性的材料，以充分地引起同时代人的注意"。这些材料有的是无意识地留下的，有的则是有意为之，尤其是那些公众影响很大的作家更是如此。"这些诗人不仅在私下的书信、日记和自传中表现自己，而且也在他们大部分正式发表的诗作中表现自己。华兹华斯的《序诗》就是一篇自传性的宣言。这些宣言有时在内容上，有时甚至在语调上都与他们的私人通信并没有什么差别，看来我们很难摒弃其表面价值，很难不以诗人去解释诗歌，因为诗人本身也认为他的诗歌正如歌德的名言所说是'伟大自白的片断'"①。

---

① [美国] 韦勒克、沃伦：《文学理论》，刘象愚等译，三联书店，1984年，第70、71页。

两位文艺理论家提醒我们，不应只在文学作品的角度去理解作品意义，更应该从被他们所处的历史放大和发酵的自传性材料中，对这些作品的意义予以重估。甚至只有从这些传记文献中，我们才能真正理解其作品的非凡价值。在中国当代文学中，朦胧诗人个人经历的传奇性就是一个明显例证。20世纪80年代，朦胧诗因为争议而广为传播之后，北岛、芒克等与北京20世纪60年代"地下诗歌沙龙""白洋淀"遇罗克等等的秘密关系就被不断曝光，这些历史事件在加强他们传记文献的神秘性，他们也在不同场合，例如北岛在许多"访谈"中都喋喋不休地反复讲述，力图强化这种印象，尤其是他们中的一些人成为所谓"流亡诗人"之后。有种种迹象显示，他们是在有意识地把自己"这代人"塑造成"纪念碑式的诗人"。历史的悲壮色彩与这些诗人的非凡经历，构成了众所周知的互文性，它们以"相互作证"的方式，最终把这一诗人群体塑造成了类似俄国"十二月党人"那样的英雄人物。也因为如此，在20世纪80年代，恐怕所有的作家群体、流派和团体，都没有像朦胧诗人那样达到如此崇高的威望。

显然更值得探讨的是，朦胧诗人之所以被当作"英雄般"的诗人群体来看待，是因为"文革"终结后，对这次历史的认知，成为当时社会的最大认知。这种认知结构决定了对与它关系密切的朦胧诗的非常态的文学史评价。就一般文学史的规律而言，处在社会事件中的作家往往社会认知度较高，而处于边缘的作家作品即使再优秀，也会被人忘却。作家名望按道理应该依据其作品，不过，有时候社会事件经常是一个膨胀其影响力的重要因素。正是在这种情况下，"一部作品的成功、生存和再度流传变化情况，或有关一个作家的名望和声誉的变化情况，主要是一种社会现象，当然，有一部分也属于文学的'历史现象'，因为，声誉和名望是以一个作家对别的作家的实际影响，以及他所具有的扭转和改变文学传统的力量来衡量的"。然而必须强调的是，就当时的历史情境来看，以朦胧诗为代表的"伤痕文学"在建立这种历史认知结构的同时，也在建立读者对"伤痕文学"作品的模仿的关系。这就是我们所看到的，被卷入社会事件和思潮的广大读者，心灵上经常会与作家作品之间产生情不自禁的共振效应。"作家不仅受社会的影响，他也要影响社会。艺术不仅重现生活，而且也造就生活。人们可以按照作品中虚构的男女主人公的模式去塑造自己的生活。他们仿效作品中的人物去爱、犯罪和自杀，也许这作品就是歌德《少年维特之烦恼》或大仲马《三个火枪手》。"[1]20世纪80年代的中国读者，很多人并没有亲身经历过知青生活，但他们却在"伤痕文学"作品和朦胧诗中经历了。他们是被"伤痕文学"和朦胧诗的讲述塑造了，以为自己也亲身经历了那个年代。这是那个时代所有读者的"阅读史"。

更为重要的是，当一个作家进入经典作家的行列，关于他文学传记的撰写研究就开始了。传记的撰写表面上好像主要是传记作家，其实也有作家本人的参与，以及一代代读者对作家故事的无限度的想象。文学传记大多从作家的童年说起，包括他的父母、家族、成长和个性，他的创伤性记忆，以及他与众不同的艺术禀赋等等。到青年阶段，则是他的求学、恋爱、创作经历。而传记作家和研究者将会根据这些材料进行添加、加工和改造，使之更有利于作家形象的塑造。20岁到50岁之间，作家创作出现了高

---

[1] [美国]韦勒克、沃伦：《文学理论》，刘象愚等译，三联书店，1984，第100、101页。

潮期，其中伴随他的文坛轶事、绯闻、争论，总之，大量故事细节使作家的形象立体丰富起来，传记作者都努力在把传主塑造成一个非同寻常、充满魅力而且非常具有吸引力的社会人物。例如曹雪芹非同寻常的显赫身世、鲁迅家道中落对他创作的影响、王小波的早逝等等。这些传记文献层出不穷，叙述千差万别，但目的几乎相同。我们知道仅仅就曹雪芹的身世家族研究至今都争议不断，因此培养出不少成名的红学家，传主本人的生命光辉也不断放大，成为研究界的聚焦点。女作家的创作史，则几乎是其情史的姊妹篇，女作家的人生故事，会因为某种悲情因素的加入而更具有阅读的价值，而且很多会成为"永远的故事"，例如乔治桑与肖邦、丁玲与沈从文、萧红与萧军、端木蕻良，等等，都是传记作者津津乐道而读者大众热烈追捧的话题。丁玲的婚恋故事，还一度变成中国现代文学研究的热点，迄今已有不下十余本的著作问世。而那个去了海外的男当事人则不断抛出日记、书信等等，令研究者颇有掌握最新文献的快感和激动，它在强化研究者分歧，当然也在增加传主个人魅力。它的热播效应，甚至占了其文学作品的上风。我们发现，传记文献的作用类似于经典作家的宣传班子，它们开动各种传播工具，用五花八门的手段，不遗余力地不断将作家的形象神话化，有时候甚至于走向神秘化。这些叙述生动的作家传记文献存留人间，是其作品存留人间的前提、保证，研究者大可不必对此讳莫如深。作家作品寿命能否存续和延长，除了上述种种因素之外，还有许多角度可以讨论。

我们这代人的文学教育

——由此想到小说家浩然

2008年2月20日，得知小说家浩然在北京去世的消息，心中泛起一阵莫名的黯然。3月份，我去广州开会，正好与批评家李敬泽先生同机，他当着我的面熟练地背起20世纪70年代中央人民广播电台播送的浩然的长篇小说《艳阳天》开头的几句话："萧长春的老婆死了，三年未娶……"他说，他对浩然是始终怀有敬意的，在一个文化荒芜的年代，正是这位作家给了他最初的文学教育。对此我深有同感。1976年春（鄙人还不满20岁），我从乡下抽到县委工作不久，就被派到一个设在大山深处的油路指挥部编新闻简报。每天，跟着领导在一百多里长的工地沿线跑，夜晚回来还要赶写第二天的简报，工作紧张而乏味。只有上午上班前的一两个小时是属于我的，所以，5点半天还未亮我就赶紧起床，急促穿过夜露打湿的小树林，躲到超出旁人视线的山沟里大声朗诵李瑛的诗集《红花满山》，朦胧地感到了"活着"的"意义"。由于日积月累，这部诗集的每首诗，我差不多到了背诵如流的程度。在一种孤独、寂寞和与世隔绝的状态下，李瑛抒情、清新的诗句（姑且在当时称其为"抒情"吧），给了我隐秘的欣悦和享受，支撑着那些岁月。我虽比敬泽先生年长几岁，还算同龄人。所以，相同的人生境遇，使我理解他说的那些话。李瑛和浩然是同时代作家，我们都是在他们的作品中长大的。也就是说，尽管这些作品今天看来比较简单，被认为乏味和没有意思；尽管有些被称作"新时期"的"学人"，都不太乐意承认自己过去的历史，但实际上，我们精神生活中有一部分，是属于那个时代和它的作家的。这都是无法否认的事实。

但是，到80年代初，我们对自己"历史"的看法明显受到了"断裂论"的影响。当时很"主流"的观点认为，我们以前的历史出了"问题"，所以，对相关的人生观、历史观、文学教育，包括对经典作家作品的认识，只有表现出一种坚决"决裂"的姿态，才是"正确"的反思态度，也才能真正与"新时期"的文学规范接轨。例如，一本很有名的文学史这样评价浩然："《艳阳天》虽然表现了作家描写农村生活、刻画各种人物的才能，但是由于作家是从'以阶级斗争为纲'的思想出发……因此，构成这部作品的矛盾冲突的现实根据是不足的。"有些作品还"走向创作歧途"，"如《金光大道》《前夕》《飞雪迎春》等"（张钟等《当代中国文学概观》，北京大学出版社，1986，第362页。）。与此同时，该著作却令人惊异地"原谅"了同在"十七年"、照样也注重"以革命斗争为纲"的许多作家，如郭小川、贺敬之、刘白羽、杨朔、柳青、赵树理、杜鹏程、周立波、杨沫、李准、王汶石等等。我注意到，文学史家是在要我们与浩然等少数"十七年"作家"断裂"，可以不与其他同类作家"断裂"。研究者把其他"十七年"作家放在"审美批评"的层面上，却把浩然一个人放在"文化批评"

的层面。在当时，我们都深信这种判断是对的，但在不为人所觉察的历史深层次上，它的粗暴、简单和同样是"以新时期政策为纲"的思路，却被当时很多人轻易地忽略掉了（当然，以我们的思想水平，也不可能真正认识到这一点）。而且尤其是，我们并不觉得与浩然的"分手"有什么奇怪，因为，这时现代文学史中很多鲜为人知的"小资作家""自由派作家"的小说、诗歌和戏剧已经"开禁"，大量外国翻译文学潮水般涌了进来，他们给我们的"文学教育"远比李瑛、浩然的作品"丰富""有趣""好玩"。历史已翻开新的一页，我们甚至把"忘恩负义"地忘掉他们，都看作是"理所当然"的事情……

最近，我读到郑实采写的《浩然口述自传》，也接触到当时不可能接触到，直到很多年后才看到的作家本人对上述"非常严重"的文学史评价的"个人反应"。浩然回忆道："我明白风向变了，大家不欣赏我了。苦闷和寂寞成了那段生活的主要特征。有一天，老朋友梁秉堃到月坛北街来看我。我去书店没在家，回来时看到他，我竟握着他的手流下了眼泪，很久没有人来看我了。老梁劝慰我说，你可以渡过这一关的。""我的确想不通，所以那时我不去文联了，工资都让孩子们替我领。"他又说道："后来看到文章说，有些老作家对我有看法，不让过关，而中青年作家大概因为有些受到我的指导，为我说话。"（《浩然口述自传》，天津人民出版社，2008，第293页。）我之所以提醒读者注意阅读处在压力下作家的"个人反应"，不是要"过度阐释"它们的内容，给予其所谓"历史的同情和理解"，而是为说明，如果想对一个作家的"历史形象"有较全面的了解，仅仅凭借文学批评、文学史是不够的，也还要看作家本人的"反应"，允许他在"历史"

中说话，否则，只能牺牲掉研究文学史过程中的矛盾性和丰富性。

前两天，我又读到批评家雷达和李敬泽两位先生对浩然的"重新评价"。雷达认为，"浩然是'十七年文学'的最后一个歌者"，他"无疑是当代文学史上一位曾经拥有广大读者的重要作家，同时，因其经历的特别，又是当代文学崎岖道路上汇聚了许多历史痛苦负担和文学自身矛盾的作家。'浩然方式'既复杂又有代表性"。为此他强调，"通过'最后一个'，看到的东西往往是丰富的"。李敬泽的评价可能更带有个人"感情色彩"，但他的批评也不能说没有道理："浩然属于中国现当代文学中一个边缘而光辉的、很可能已成绝响的谱系——赵树理、柳青、浩然、路遥，他们都是农民，他们都是文学的僧侣，他们都将文学变为了土地，耕作劳苦忠诚不渝。浩然为一代人的生命和奋斗所做的热情辩护仍然值得后人慎重倾听。"他在历数了浩然复杂的个人生活后说："设身处地，扪心自问，我怀疑我们是否会比浩然做得更好，而当时的很多人倒真是没有'局限性'，他们在得意和失意时的所作所为全无底线。"（贺绍俊：《理论动态》，《南方文坛》2008年第3期。）我猜想，两位批评家对他的"重新评价"，大概也"经历"了我那种历史反思的过程：先是在浩然那里受到最初的"文学教育"，从他作品中汲取了基本文学的营养和启示；到新时期，由于"意识形态"的阻断，又对他产生了"负面"认识，甚至比较"厌恶"的感觉，但是，"浩然之死"，尤其是连续二十年的文学界的"去政治化"运动，对"左翼文学"的重新认识，还有一些农村题材作家普遍没有自己创作的"生活基地"，经常开着高档汽车、享受着这三十年社会积累给他们的富足生活，现在只能、也仅仅借助几次有限而可怜的"回乡探亲"，或借对某些历史的"道听途说"才能维持写"乡村小说"的艺术冲动,而这些小说却最终未给我们心灵世界真正的激动,如此种种使得他们对浩然的看法发生了"微妙"变化。或者说,他们即使再把作家放到社会意识形态中去,但所看到的已经是一个比较"真实"一点儿的浩然。一个既不是被"文革叙述"所建构的浩然,也不是一个被"新时期叙述"所建构的浩然。通过浩然,他们"重新评价"的不再是一个人,而是一个人背后的一个时代的文学。我敢指出的是,这些"新认识"的获得,显然不单纯在"历史"的层面上,很大程度上是来自他们对浩然小说阅读的积淀。他们是从一代人的"文学教育"的角度去重思、重审浩然所携带的文学史问题和文学史本身已经具有的某种复杂结构的。

然而,必须得承认,我对雷达、李敬泽"浩然重评"某种程度的认可,并不是站在今天的"历史高端"做出的,而恰恰是从我们那代人接近于零的一个低端的文学教育上做出的。我清楚地记得,到"文革",我个人的文学阅读仅仅限于《三侠五义》《封神榜》之类少得可怜的文学读物。当时,我随父母到大别山深处一个公社所在地的小镇上。中学图书馆已被封存。我家的一点文学著作已没有了。而我是一个13岁的少年,正处在对人生、世界、男女秘事和饮食喜好等充满好奇心的心理阶段。我想,这些东西中的任何一项,当时都足以令我忘乎所以、手舞足蹈。我就是在这种情况下,在小镇上的一位同学那里借到了浩然的长篇小说《艳阳天》。拿着这部书页已经破旧的小说,我惊喜于作家对弯弯绕这个人物形象的出色描绘,他所拥有的丰富的农村经验,尤其是对落后的中农人物相当体贴、细致的"理解"与"同情";他的语言也非常好,自然、口语化、生动、风趣,充满了对农民心理、气质乃至自私自利缺点的生动绘状。在我的精神世界已近荒废的日子里,《艳阳天》伴随我度过了一个少年寂寞、无聊、无助的时光。另外,浩然的文学语言除了受民间文学、中国传统文学的影响外,其实还有很多"新文学"的痕迹,如优美的风景描写,对乡村社会一草一木深切入微的观察、感受和发自内心的爱戴。浩然那么深切地爱他的家乡、他的人物、他的乡村,我也隐约地觉得在一个极其无聊的年代,我的心灵和他的小说接续到了一起。我读他小说的感受是,心灵就像树的无数根微小的触须,在泥土的深处,不需时代和话语的允许,就与小说中的一切发生了亲切的、近于恋人的热烈拥抱……所以,我仅仅以"当年"一个精神食粮几乎完全断绝的少年的名义,也以千百万个像我一样在精神生活上如此贫乏的同龄人的名义,感谢这位已经死去、在晚年受过委屈的寂寞的作家。当然,我也得承认,浩然的小说并不是十全十美的,它们的历史认识还存在着许多亟待清理的问题。不过,这是我个人真实的"历史体验",是个人的"文学阅读记忆",它并不能代表、覆盖别的研究者的结论。它也许在很多人看来,还是一种非常"自私"的个人的"历史记忆"。我的意思是,我其实是从一个非常弱小和可怜的个人记忆的基础上,是从一个精神生活的低端上来"重新"看待浩然的"价值"的。这种看法是否有道理,自然都可以讨论。

如此去看,如何评价浩然,绝不像我们在80年代想的那么简单,那些著名的评价也都不算最后的结论。至少在目前的语境之中,评价他还存在着诸多问题:一、浩然的"问题"并不仅仅是他个人的,而集结、淤积着一个时代的问题。如果我们把那些时代的问题理解成要浩然个人负责,把他单独"拿出来"予以批评,那么这种理解方式所看到的就只有作家本身的复杂性，而忽略，甚至简化了时代问题的复杂性。二、他所记录的时代生活，不可否认是我们每个人都曾经历过的生活，假如我们一律采取"断裂历史"的方式怀疑进而否定这种生活的"真实性"，并以"新时期"为参照，而把我们变成没有"前史"的一代人，这样的历史反思是否值得？究竟有没有道理？我觉得是可以探讨的。因为实际上，浩然小说不光记录了历史的虚构性质、神话性格，与此同时，也记录了我们所经历的激情、追索、困惑、眷恋和生命冲动，尽管这些在今天的主流叙述中被盖上了"愚昧""无知"的符号印记。三、进一步说，不管我们是否愿意承认，我们这代人的个体经验、历史记忆和文学教育，事实上都明显残留着浩然小说的某些因子。这些因子，后来在外国翻译文学、翻译理论、文化热、主体论、重写文学史等思潮中得到了一定程度的清理、过滤和剔除。因此，人们可以说，由于有了前者，我们不需要浩然的小说，但是，我们能不能在20世纪70年代说，我们那个时候也可以不要这位作家？答案显然不是这样的。因此，全面地、深入地和复杂地看待"浩然现象"，不光是要对60年的"当代文学史"负责，很大程度上，更意味着如何对我们这代人的历史负责。

最后，我想谈谈我们的文学教育与"左翼文学"的关系问题。在前不久完成的一篇文章《孙犁"复活"所牵涉的文学史问题》中，我曾表示过这样的忧虑，即，由于"新时期"历史语境的压力，"左翼文学"的合法性遭遇了危机。"在80年代以前的文学史中，'左翼作家'是作为一个历史整体而存在的。90年代末，随着'左翼'被重新研究，这个群体就开始经历了不断被撕裂和分化的历史过程。例如，对'左翼阵营'中'激进派'和'温和派'的分析,对丁玲身上'性''小资''都市'因素的格外关注,'左翼'与上海现代性关系的研究,'左翼'如何从全球性转向了本土性,等等。这些研究,使'左翼作家'接二连三'叛离'原来阵营,开始与非'左翼'群体、流派和现象亲密接轨。孙犁'重评'也有这个问题。……他们的表述会进一步扩大孙犁作品'传统文化底蕴'与'革命文学'之间的裂痕,强化他当年投身革命的'偶然性''临时性'的色彩,从而得出所谓'不值得'的奇怪的结论。更值得注意的是,在八九十年代文学史中重新'复活'的作家,都是与'革命文学'阵营无缘的,而且它逐步强化的认识是,在中国现当代文学史上,凡是'文学大师',就都不是'革命作家',而曾被列入'革命文学'发现又是'文学大师'的那些作家,并不是他们自己有'问题',而是他们与'革命'的关系出了问题。"(程光炜:《孙犁"复活"所牵涉的文学史问题》,未刊。)显然,在对"左翼文学"历史认识的"重组"中,丁玲、孙犁等作家因为"脱离"开这一认知范围而在当代文学史重新获得了一席地位,受到格外重视,浩然就没有这么"幸运"。某种意义上,浩然恰恰正是被这种历史认识重组所抛弃的"多余人",恰恰又是这种被"牺牲",进一步增加了我们继续研究"左翼文学"的难度。因为,我们这代"研究者"的"文学教育",既帮助我们拥有了"重返历史"的勇气,但常常也会同样醒目地成为我们深入、体贴地细究浩然和他那代作家的历史盲点。

辑二

我的文学年代

整理当代作家研究资料的重要性
——由《江苏当代作家研究资料丛书》谈起

最近十年来，搜集整理中国当代作家研究资料的工作虽提上议事日程，但总感觉滞后于其他工作。我能看到的有孔范今、雷达和吴义勤主编、山东文艺出版社2006年版的《中国新时期文学研究资料汇编》，作家研究资料有莫言、贾平凹等9种。杨扬主编、天津人民出版社的中国当代作家研究丛书，共8种。这两套书各有贡献，但转来转去的还是那么几个作家。但1979年至今，中国"当代作家"少说也有几百位，最重要的不会少于二三十位，总是在七八个人之间转来转去，不免有简单重复之感，也不算是真正的"中国当代作家研究丛书"。这里面可能有出版资金困难的问题，也有编选工作分摊过广，效率提不高的原因。岂知1979年至今的当代文学史"后四十年"，早已是优秀作家群星灿烂，堪称世界一流和亚洲一流的作家应不是一个、几个，而是整整的"黄金一代"，关于他们的研究资料反而显得捉襟见肘，我认为真可以用遗憾来形容了。

这种情况下，由著名学者丁帆、王彬彬、王尧和朱晓进诸教授领衔加盟，人民文学出版社刚刚推出的 16 种《江苏当代作家研究资料丛书》，就不免令人兴奋和大受鼓舞了。在 16 种研究资料中，恐怕不少作家都是第一次被列入，明显填补了文学史空白。在人们印象中，新时期江苏出了很多优秀小说家，但到底有多少位谁都难以说清楚，这套丛书可以说弥补了这一遗憾。正如丁帆教授在丛书"总序"中指出的那样："许多人将江苏作家作品归入阴柔的江南士子和仕女风格，显然这是一种误读。殊不知，江苏的地理位置以淮河为界，正好是中国南北的分界线，所以，阳刚与阴柔两种截然不同的艺术风格交汇于此。也由于上述的历史缘由，所谓'吴韵汉风'则是最好的艺术风格注释。苏南的阴柔缠绵、苏北的阳刚恢宏交织在这一方土地上，在泾渭分明之中凸显出江苏文学的多元、大气和包容。"仅这些评价，不单解释了江苏当代作家数量众多的原因，而且也指出了他们创作风格的多元大气等特点。我在文学史研究中参考作家研究资料，总喜欢先看其家世身世，再看评论文章，对创作年表和作品发表目录也很留意，看编得是否丰厚详细，有无遗漏的地方。我就注意到一位很重要的小说家的"作品发表目录"，连经常被别人提起的文章，居然都没有收入。没有了这篇文章，是一个遗憾。这就使我在引用该文时，既找不到原文（只能跑到他们的散文随笔集上求得），遑论找到文章发表的确切出处了。有一次为写文章，放下手头工作，先到百度上查，然后四处搜寻，均不得。实在无法，只能让博士生到图书馆漫无边际地去查这些年的文学期刊了。这样一来，就等于大海捞针，其辛苦可见一斑。仅举一例就知道，做作家研究资料的时候，一定要考虑到研究者用得是否方便，是否做到尽量全面详细等等环节。王彬彬教授编的《高晓声研究资料》，令我发生浓厚兴趣的是"高晓声简介"这一部分，杨显祖、陈椿年、章品镇、陆文夫和叶兆言等先生写的回忆这位作家的文章，我都喜欢。作家本人的很多生活细节，不是评论文章所能给予的，作家生活中感性的一面，往往也都记载在这些看似普通的回忆叙述中。

由这套《江苏当代作家研究资料丛书》，我想到了资料编选中的几个问题：

一是可以适当增加介绍作家家世身世的内容。

当代作家的家世身世，是研究资料中的基础材料，虽然不如作家自述和评论文章那么论点突出，但仍然至为重要。比如上面谈到的高晓声先生，人们知道他在南京"探求社"时期的故事，但不十分清楚他"文革"期间回乡后的处境。比如他后来做了当地的教师，然而婚姻、收入、家庭成员等问题都不清楚。因为"十七年"到"文革"时期，江苏苏南武进一带的农村政策、农民收入、生产队工分分配以及当地医疗等问题，给这位作家造成的生活困境，都会影响到高晓声对农村的态度。这是他新时期小说创作的起源性问题。没有这段经历，何谈1979年他登上文坛后对农村农民命运的深刻批判和反思？没有这些基础材料，纯粹从作家创作的层面也是说不太清楚的，即便文学批评文章，也只看到全国农村的共性的问题，看不到武进县当地的个别性问题。要知道，作家都是具体的人，都是从当地具体生活感受出发来思考和创作的。进一步说，在编辑这些史料的时候，不能只把作家蒙难后的人生故事等材料整理出来，还应该再往前延伸一点，把他的"前史"也稍微加以介绍，例如家族、血缘三代的情况，当地民俗和沿革历史也有点则更好。如果把这个基础材料整理出来，作家的来龙去脉就清楚了。因此，我认为某种程度上，作家的家世身世，一定程度上决定了他创作史的发生和走向等诸多问题。前些时，我写过一篇《当代文学考证中的"感情视角"》，可能与这部分内容也有关系。这就是编选者在处理"右派作家"研究资料过程中的距离感的问题。我这样写道："作为'当代史'的'当事人'，又无法完全彻底地把这个'感情视角'剔除出去，如果这样，那么克罗齐所说的'历史的人性''历史的积极性质'还有什么意义？换句话说，即使考证者不抱着把历史真相告诉下一代读者的想法，但如果他的叙述只是一些冷血材料，是一些类似木乃伊的历史断片，那么'最终的考证价值'又在哪里？"说老实话，对这些深奥纠缠的问题，我自己并没有充分的把握和见解，但这并不表明，它不深层次地存在于我们的作家研究资料的整理之中。

二是评论文章的删选问题。

当代作家资料研究丛书，我认为第二位重要的是评论文章的选择问题。本地批评家编选本地作家资料，好处是比较了解当时的很多情形，也能够掌握作家创作的整个格局。这套丛书在这方面显示了自己的特色。但本地批评家编本地作家研究资料也有一定的局限，比如复杂的人事关系，家属对编选的影响，中国人一向秉持的"为贤者讳"等心理，也会一定程度地反映出来，有些分寸并不是编选者自己能够从容把握的。还有就是，江苏当代作家如高晓声、陆文夫、张弦当时都是中国新时期文学初期最活跃的一批作家，他们的作品在获得认可的同时，也会有不同看法，比如一些不是简单称赞而是相对深入的看法，也都会在文学批评中反映出来。有些尖锐深入的批评，反映了当时文学的氛围和状态，有的则是批评家站在很高的立足点上加以俯瞰的结果。尽管有些尖锐看法不一定都对，或许还有偏颇之嫌，但携带着当时的历史气息、文学氛围，是最真实的时代脉动的反映。我看到，有些印象很深的文章并没有选入，本来可以更有声有色的编选资料，可能稍微平淡了一点。这可能是考虑历史积淀的问题，但选入尖锐文学批评，也不一定会妨碍这种积淀，反而是更深厚的积淀。我对此的态度是，当时有代表性的甚至比较尖锐的批评文章宁可多选点，关系性的以及后来的研究文章宁可少选点，或不选。这也许只是我个人不成熟的看法。

三是我前面已经提到的"创作年表"和"作品发表目录"问题。

前面说得比较笼统，这里我想再细化和具体一点。先说"创作年表"。在我看来，年表可看作一个作家生活的"小史"，并不只是他创作的"小史"。因此，除主要作品发表的杂志、时间之外，还应有一定的文学活动和评论的情况附在其中。我相信很多人都看过洪子诚老师《中国当代文学史》后面的"中国当代文学年表"，听说在写这本教材之前，他把《文艺报》摸过两遍，看得非常细，可能有些还做了笔记之类。所以，你看"1949年"这一节，既有第一次文代会、《人民文学》创刊、"中国人民文艺丛书"出版等等较大的文学事件，也贯穿了一些作家生活的细节，比如，《中共中央东北局关于萧军问题的决议》，9月5日《文艺报》关于《争取小市民层的读者》的座谈会报道。这些大的文学活动和作家个人小的文学活动，交错穿插于历史这个瞬间，形成了多声部效果。虽说是当代文学的年表，介绍的文字不多，但并不显得单薄，主要是编选者的眼光比较细，想问题也细，才会有这种效果。因此，我理解的"创作年表"不只是堆砌作品，还有利用材料更细致深入的观察，没有作家的文学活动，这些创作的作品仍然是冷冰冰的。另外,"作品发表目录"的编选也是如此。大凡作家发表的作品,最好是"一网打尽",不管是文学作品,还是访谈、自述、散文随笔等等。但这样一来,会不会篇幅太大了点?我的看法是,宁可压缩评论文章的篇幅,也不能削减作品发表目录的篇幅。评论文章如果篇幅不够,我们还可以到杂志上找,但假如目录不详细全面,我们再到杂志上大海捞针似的一篇篇整理,麻烦就大了。所以,在全书结构上,"年表"和"目录"部分不妨适当增容,篇幅占页数多一点没关系。有的编选者可能担心,如果不加筛选地全部搜集,会不会出现过于烦琐庞杂的问题,其实不会。我在《当代文学考证中的"感情视角"》这篇文章中也写道:"与这个问题相关的,有一个史料文献整理和叙述的'简与繁'的问题。我的看法是不妨先'繁复'一些,力求翔实穷尽,进一步挑拣、筛选和剔除的工作,也留待下一代研究者去做。就是先抢救材料,多多益善,堆积在那里没关系,等经过数十年的努力,做成一个当代文学史史料文献的巨大仓库之后,后面人的工作压力就会大大减轻了。"为什么不就简去繁、而要就繁去简呢?这是因为我们距离所整理的作家研究资料距离太近,很多东西还在影响着我们的判断、选择和视角,这个问题无法回避,也是当代人回避不了的。即使是做现代文学研究的人,也还有此类问题。尤其是"作品发表目录",关乎我们全面详细地了解把握一位当代作家作品发表的历史情况,所以,这不叫烦琐,而应该称之为详尽,是材料的全面的占有。

2016 年 11 月 16 日
2016 年 11 月 22 日改定

文学批评的"再批评"

前一段与洪子诚教授聊天,谈到有的作家的小说发表当时没受到注意,甚至被误解,但过上若干年再去读,发现原来作品里有以前不曾留意的很好的东西。做文学史研究的人,常常会碰到这种情况,因为文学批评对作家作品的定位实在影响很大,这种被固定的印象,会一定程度上引导、暗示或限制后来的研究。这包括一个作家、一部作品,以至一个观点。

最近三四年,在正常教学和科研工作之外,我陆续写过一些细读最近三十年重要小说家作品的文章。有时候写之前,会到图书馆或家里书柜上找些当年批评的文章阅读,想先找找进入作品的感觉。有时候,发觉没有什么好的批评文章时,就干脆先读小说,尽量不受干扰,完全以自己最直接的阅读感觉去接近这些作家作品。尽管两种方式各有利弊,不能简单比较其优劣,但经过二三十年的风风雨雨,时间确实在我与这些作家作品之间拉开了距离。对于从事文学史研究的人来说,这种距离感非常重要,没有距离感,所谓的"史家眼光""史家批评"是不存在的。以我个人来说,这种距离感使我重新获得了自由。一个从事历史研究的人,如果没有自由感是很可怕的,也是难以想象的。如果那样,你就会始终匍匐在过眼烟云般的意见之下,你的研究也就是一种与心灵活动毫无关系的工作。因此所谓的文学史研究,根本无法谈起。在我的阅读视野里,夏志清教授的《中国现代小说史》和洪子诚教授的《中国当代文学史》,是两本很好的文学史著作。除他们两位卓越的学问,还有一个原因:一个是夏教授在海外,没有受到国内相关研究的干扰影响;同样,洪教授写这本书时,当代文学史正处在一个低谷,他对这个低谷有非常不好的看法,这使他获得了自由。两位文学史家获得好评的文学史著作,正是刚才所说的在思想自由基础上的"史家批评",因此才站得牢,立得住。

前些时郜元宝教授在一篇文章中,说我提前把"80年代作古",我弄不清楚他是讽刺还是表扬,但自觉他说得在理。我现在做文章,在看20世纪80年代以来的文学作品和文学批评文章时,确实是一种看"古物"的心情和眼光。这里面究竟是什么道理,我先不谈。这种看事情的眼光正好应和了我这篇文章的题目:《文学批评的"再批评"》。回忆我已经写过的细读重要小说家作品的文章,除格非的《春尽江南》之外,大多数是20世纪90年代中期以前的作品。距我写研究文章,至少已有二十年到三十年的时间。所以,在我眼中,它们怎么不是"古物"?你即便不想"作古",它们已经在那里"古老"了。这完全是没有办法的事情。举例来说,90年代由于当时文化论争的诱导,王朔的小说创作被人评价得非常不堪。一次,我找来作家王安忆与张新颖教授的《谈话录》来读,才知道王安忆对王朔有不同的认识,她认为他是一个有才华的作家,只是有一点点可惜。后来,再找王朔的中篇小说《动物凶猛》来读,我渐渐被这部作品所吸引,感觉王安忆的评价是公平的,符合当时的事实。这种阅读，使我对90年代流行的批评王朔的观点开始保持警惕，也开始拉开了距离，并加上了有点严厉审视的眼光。这个例子不止发生在王朔一个人身上，也发生在张承志、史铁生等等作家身上。为此我写了几篇带有自我反思色彩的研究文章，我想，这些文章朋友们应该可以读到。我感觉在写这些文章的时候，有一种"重走一遍作家的路"的历史性的心境。由于把这些作家作品当作"古物"，我再批评、再研究的心情和眼光就不一样了，至少与细读对象发表当时的历史情境，很不一样了。平心而论，我实在想让自己"当代"一些，"积极"一些，但就是"当代"和"积极"不起来。为什么会是这样呢？我也说不清楚。但我做研究时，小心翼翼地读这些小说，联想作家在创作它们时的各种情境时，就是这种状况。

　　具体说来，之所以会眼光比较古旧，就是相信了周作人先生的话，也可以说是中了他的"毒"吧，文章没有新旧，也无先进与落后。所以，我再看这些作品和批评时，就感觉思想自由了。既不愿意被作家作品束缚，也不愿意被文学批评束缚，只想按照自己的触觉接近这些小说，按照自己现在真实的看法去评价认识它们。我以为《中国现代小说史》和《中国当代文学史》的好处也在这里。两位文学史家都是不受什么因素羁绊的人，所以才会在书中说出自己的真知灼见，虽然这些真知灼见不见得被所有的人接受认可。而在我，由于在看"古物"，就想看看落在上面的历史风尘，找找当年的斑痕，聆听一下作家创作作品时的呼吸，包括作品留下的一些莽撞、粗糙、不管不顾的那些痕迹。以前看到作家贾平凹先生喜欢收藏陶罐、古碑的记述，以为这是他伪装的某种姿态。今天明白，这才是"以古看今"的眼光，他是一个通人。所以，所谓看"古物"，即是希望将"古今打通"，放在一起看，放在一起比较。不以今天的是非为是非，当然也不以古代的是非为是非，而是在古今相互鉴别的比较视野中评价作家和小说的好坏。这是我要说的文学批评的"再批评"的意思之一。

现在做现代文学研究的老师，都会教学生在动手研究某篇文学作品时，先把这位作家全部的作品读一遍，我觉得这个办法好。我在攻读博士学位的时候，导师陆耀东教授也曾这样告诉我。他在写《徐志摩传》之前，几乎接触了与徐志摩有关的大多数材料，有时候为求得某个孤证，不远千里去寻访，如果找不到某个重要证据，宁愿放起来先不写，等找到材料再动手。先生尽管没有手把手地教我，但他这种以事实为根据，一分根据说一句话的做事做学问的严谨态度，却使我受益终生。每每念及先生生前的教导，都不禁感佩于心。当然，做当代文学批评，尤其是现场批评，只能头疼治头，脚疼治脚，在作品研讨会上，稀里哗啦说完，拿起皮包就走。这样的事我经历过，自己也曾如此做过几次。事情过后，心里难免对作家怀有愧疚的心理。自然从文学批评的工作程序看，批评家不会缠绵于和作家作品的卿卿我我，它得当机立断，给出药方。它得下一剂猛药，让作家自己清醒，若吞吞吐吐一番，让作家不知深浅。也许真的有我不曾见识的令人钦佩的作品研讨会，然而最近几年，恕我孤陋寡闻，几乎没有见过。一次在上海开会，郜元宝教授说批评是只顾"眼前"，我的感觉也差不多。几年前有人激烈批评余华的长篇小说《兄弟》（上下），我找来小说读，感到愕然。小说与他最高潮的三部曲《活着》《许三观卖血记》和《在细雨中呼喊》相比，确实有些逊色，存在一定差距，主要是结构松散，主线不够集中强烈，描写人物的时候，在部分章节上还有点跑题，不太连贯。不过，总的来看，仍然是余华比较用心的作品。那么，为什么我对这些批评并不信服呢？最大的毛病，我以为是批评家没有在余华"全部的小说"中去看《兄弟》，没有对他前后的创作做出细致入理的分析评论，指出哪些不足，评论精彩之处。而在我看，余华这部长篇小说开头部分对李光头在"文革"初期游手好闲、胡乱鬼混的描写就非常精彩，写他在潜望镜中看厕所里女人的屁股，写他被押游街的时候还在东张西望，毫不在意的愚蠢样子，在余华其他小说中，从未出现过。少年身上已经初露的敌视社会和玩世不恭的情形，在这部长篇小说中得到极大极深刻的揭示。而在他的三部曲中却鲜有这样的描写，说余华为建筑和丰富"文革"人物的画廊，做出了非同寻常的贡献，也不为过。在《中国现代小说史》中，夏志清教授曾这样精辟地评价叶绍钧："在所有的《小说月报》早期的短篇作家之中，叶绍钧（抗战以来自署叶圣陶，圣陶是他的字）是最经得起时间考验的一位。不错，他的作品没有一篇能像《狂人日记》或《阿Q正传》那样对当时的广大群众发生深厚的影响，在文学史上也不曾享有同样的地位。鲁迅小说家的地位，靠几个短篇小说就建立起来，但叶绍钧却能很稳健地在六个小说集子里维持了他同时代的作家鲜能匹敌的水准。除了稳健的技巧之外，他的作品还具有一份敦厚的感性，虽然孕育于当时流行的观念和态度中，却能不落俗套，不带陈腔。"接着，他对《校长》《城中》《抗争》，尤其是《饭》和长篇小说《倪焕之》展开了入情入理的精彩分析，读后令人拍案叫奇。夏先生小说史好的地方就在于说理，不好的地方也是由于不再讲道理。对叶绍钧小说评论的好处就在说理，不足归不足，长处是长处，说出了作家创作的"稳健"，说他作品中有一份"敦厚的感性",也都从未听说过,所以就令人心服口服。

夏氏小说史说叶绍钧是一位"最经得起时间考验"的作家,我认为余华也是如此。他把叶绍钧小说与鲁迅的作品做比较,放在同时代的作家中比较,还放在叶绍钧全部的小说里来比较,得出了通过六篇小说"维持了他同时代的作家"中的水准这样的结论。这个看法所以有说服力,就在于他不是像有些当代文学批评那样,把叶绍钧从他全部的作品中"抽离"出来,而是把叶绍钧放在那么一大堆作家的小说里来认识,来评价,这样对叶的文学史定位就清楚了,比较妥当了。因此,我们如果不是那么急切对《兄弟》做出结论,而是平心静气地拿余华其他小说做比较,一点一点地分析,指出存在哪些问题,而哪些描写又是他前所未有的,指出即使是这样,余华依然是当代最好的小说家之一,理由是什么等等。这样的分析评论,我最愿意看,我相信广大的文学批评界同行也都愿意看。

我之所以拿余华说出这么一大篇,是由于他已经是当代文学史上的大作家了,不能用对年轻作家的态度去对待他。他已经是几十年来,从一大批风来云去的文学风潮中"挑选"出来的大作家了,是"最经得起时间考验"的优秀小说家之一。正由于是大作家,在批评他的某部新作时,自然应该采取严厉的态度,去挑三拣四,但我更主张不应该再把这部作品孤立地看,而应该放在这位作家全部的"创作史"中去理解和评论。在"全部小说"中去看"一部小说",就是"史家眼光",是批评的眼光,是说理的眼光,这样的文章拿出来,不管它有多严苛、多挑剔,也是会被有识的作家所接受的。在"全部小说"中看"一部小说",还有一层意思,就是我们应该把对经典作家的批评,与对一般作家作品的批评区分开来。如果再将经典作家与一般和年轻的作家混为一谈，那么就不是"再批评"的态度。如果一个作家已经是当代文学史上的大作家、经典作家了，我们还拿他们与一般的年轻的和偶然创作的作家作品相比较，事实上就降低了对这些大作家的认识，降低了认识当代文学史的水平，犯了重复说话、重复观点，用一种固化的批评标准来要求所有作家的毛病。前面提到的夏志清教授的《中国现代小说史》，由于事前将重要作家与一般作家做了区分，就避免了这个问题。这是将经典作家从当时的文学批评中择出来，经过再思考、再选择之后，对一个作家的最公正的批评的态度。所谓"史家批评"，或者说"再批评"，在我的理解中就是一种最公正的文学批评。由于用了这种"再批评"的眼光，身在"当代"的夏志清教授评价《又见棕榈，又见棕榈》和《白先勇早期的短篇小说》的於梨华、白先勇两位"当代作家"时，我们一点不觉得他的观点唐突，反而感觉是一种经过选择的结果，是一种"再批评"的方式，也钦佩得不得了。依我看，夏先生之所以大部分著述都很好看，道理就在这里。

2016 年 1 月 21 日于北京亚运村

当代文学考证中的"感情视角"

今年5月,我应浙江大学中文系吴秀明教授之邀,去参加他博士生的毕业论文答辩,期间还有一次与博士生的座谈。吴秀明教授是我的老朋友,他闲谈中问到:你怎么看当代文学考证过程中叙述者的"感情视角"?他指的是我前两年在刊物上陆续刊登的《莫言家世考证》等系列文章。我们知道,秀明教授是著名的史料文献整理专家,他带领浙大博士生历经十余年做的大型当代文学史史料丛书,有数十本之多,规模宏大,体系完整,相信它们出齐后会引起大家的兴趣。

由于答辩和旅途匆忙,我当时没有深想秀明教授提出的这个尖锐问题,他是出于老朋友的善意,才向我发问的。借这次《文艺争鸣》编辑部举办的"中国当代文学史史料研讨会"之机,我简单谈谈看法,以便就教于学术界同行。众所周知,当代文学史史料的整理研究,包括我刚刚开始做的"作家家世考证",都属于文献学的范畴。著名文献学研究专家张舜徽先生在《中国文献学》一书中,对文献学的范围和任务、编述体例、校勘、目录整理、抄写、注解、考证、辑佚、辨伪,以及方志、地图、制表等方面,均有富有启发性的论述。他主要强调,在这些工作中,整理者的客观眼光、有距离的筛选和甄别是非常重要的一个环节。也就是说，整理者应该以一种"看过去"的冷静态度开展工作，而不应该把自己的感情好恶卷到其中去。① 这与秀明教授对我的提醒十分相似。

说老实话，我 2014 年秋冬在澳门大学陆续做的《莫言家世考证》，纯粹是一个无心插柳的工作。由于此前没有接受过文献学的严格训练，只是在澳门大学图书馆临时借出基本入门书，先啃起来。当时带到澳门的莫言资料，也不够用，打听到与该校有相互借阅流通关系的香港中文大学，这方面的材料也极缺乏。关键还有，我对自己这个"历史叙述者"角色，也并没有想好。举例来说，作为历史"当事人"的我，究竟与莫言先生的身世历史是一种什么关系，我和他作为同代人，共同经历过"70 年代"这样的大时代，那么，在叙述这段历史情况的时候，我自己的"位置"——也即这篇短文中所说的"感情视角"应该怎么摆？例如，在写《教育——莫言家世考证之三》的时候，叙述到莫言曾经给当时的国家教育部、山东省招生办、潍坊地区和高密县招生办等各级负责招收工农兵大学生的机构写信，申诉自己无书可读的苦恼，强烈希望能争取到上学机会。为把莫言这件事情的时代背景说清楚，我在文章下面加了一个颇带个人感情色彩的"注 19"，其中写道，1972 年 12 月，福建省莆田县城郊公社下林小学语文教师李庆霖给毛泽东写信，叙述自己的儿子和当时下乡知青的困境，后来知识青年政策得到了调整。②

---

① 张舜徽：《中国文献学》，上海古籍出版社，2006。
② 参见拙作：《教育——莫言家世考证之三》，《中国现代文学研究丛刊》2015 年第 8 期。

不妨说，我在叙述过程中把自己的"感情视角"不自觉地"卷进去"了。我当时确实无法抑制自己的感情，甚至在写作过程中潸然流下泪水。我心里明白，虽然在写莫言，实际是在写我自己。我不仅在为莫言的人生遭遇流泪，同时也在为自己，也为包括了千百万的我的同代人流泪。这涉及感情与历史的关系，涉及携带着个人感情的叙述者怎样进入到历史认识之中的复杂问题。1974年春季以后，我在河南大别山腹地的一个知青农场，无书可读，也前途茫茫，达两年多之久。虽然我当时读了很多书，也胡涂乱抹地写了不少东西，但这终究不是个办法。上大学，是我一个久久积蓄在内心深处的强烈的愿望。

凭借在写《家世考证》之前一点文献学的自学经验，我知道这种"感情视角"是非常不应该出现的一个错误。但是，更令我苦恼的是，作为"当代史"的"当事人"，又无法完全彻底地把这个"感情视角"剔除出去，如果这样，那么克罗齐所说的"历史的人性""历史的积极性质"还有什么意义呢？① 换句话说，即使考证者不抱着把历史真相告诉下一代读者的想法，但如果他的叙述只是一些冷血材料，是一些类似木乃伊的历史断片，那么"最终的考证价值"又在哪里？说老实话，对这些深奥纠缠的问题，我是惶惑的。道理上清楚这是怎么回事，但一到具体考证工作的操作的层面上，问题就发生了，非常突出尖锐地摆在你面前。所以，说了这么多，我的不成熟的看法是：第一，虽然现在做当代作家的文献整理和考证工作，时间稍微早了一点，但也不是不能做的。因为很多"50后"作家的年龄都已在60岁以上，趁着

---

① ［意大利］贝内德托·克罗齐：《历史学的理论和历史》，田时纲译，中国人民大学出版社，2012。

他们记忆还清楚的时候，不妨先试做一些个案，先把史料文献留下来。遇到不清楚的地方，还可以当面向他们咨询、求证、辨伪和辑佚。我的意思是，先把中国当代文学史的"史料学"做起来，至于"感情视角"往哪里摆，作者叙述与史料文献之间的距离尺度，以及与此相关的一些问题，则一边做一边解决。解决不了的，推给下一代的研究者来质疑、纠正、批判和丰富完善。第二，与这个问题相关的，有一个史料文献整理和叙述的"简与繁"的问题。我的看法是不妨先"繁复"一些，力求翔实穷尽，进一步挑拣、筛选和剔除的工作，也留待下一代研究者去做。就是先抢救材料，多多益善，堆积在那里没关系，等经过数十年的努力，做成一个当代文学史史料文献的巨大仓库之后，后面人的工作压力就会大大减轻了。

因此，在我刚完成的《莫言家世考证》的初稿中，加了大量乃至不免烦琐的"注释"。有些章节的注释，字数上还超过正文，我整个变成了一个"文抄公"。但我心里开始明白，尽管文献学方法论著作在提醒"剪裁"对于整理者的重要性，然而，作为与所叙述的"历史"还保持着"同步状态"的人来说，完全从叙述中挪走"感情视角"是不现实的；另外，材料的"繁复"虽然显得芜杂、重复，但也非常必要，因为这样可以保留历史存在状态的丰富性和它可感知的体温，当然，这样也容易露拙，未能把杂质剔除净尽，给人还不够"严谨"的印象。当代文学史的史料文献整理才刚刚开始，我个人认为尺度先不妨稍微放宽一点。

2016 年 7 月 5 日于北京亚运村

小说与网络的关系

在我与李陀先生合作的"小说国际工作坊"上，中国人民大学的博士生批评说：有些小说创作存在一种从网络渠道取材，身段比后者还低的问题。他们的意思是，如果小说给我们提供的容量还小于网络，不如直接去看后者。这个批评当然非常尖锐，指名道姓，毫不客气，确实说出了当下一些小说家创作存在的问题。

近些年，我注意到随着生活积累的日渐枯竭，一些小说家开始偷偷在网络的奇闻异事中攫取创作灵感。比如，从某位先生在办公室的失踪，拉出了一部长篇。又比如贫苦学生的跳楼，成为作品激动人心的元素。再比如失散多年父子的意外重逢等等。一些年轻作家的短篇小说，更愿选材于社会的公案、侦探、黑幕。越来越多的网络奇闻，涌入作家的书房，涌入小说的故事情节，或干脆被改头换面成作家体验的生活，让它们变得越来越像小说叙事。稍有眼光的人都知道，利用报纸攫取小说创作题材、灵感和资源，在中国文学中本属常见现象。清末民初的包天笑、周瘦娟、张恨水等小说家，自己就在报馆就职，也替报纸副刊写连载通俗小说。小说本来就是一个很俗的东西，可到五四，却被史无前例地抬到了救国救民的高度。于是在报纸上连载的通俗小说，被贬斥为"鸳鸯蝴蝶派小说""礼拜六小说"等。因这个历史缘故，就连今天的小说家也不敢公开宣布偷偷在网络上攫取小说资源。

可我倒不觉得利用网络上光怪陆离的社会万象写小说有什么不妥。但这得看是哪一类小说。如果是通俗、海派，这是正当的取材渠道。如果是纯文学，确实是有点怪怪的。通俗、海派小说，未必就比纯文学低。近年来，金宇澄先生新著的长篇小说《繁花》颇吸引社会眼球，它连连攻破各种文学评奖门槛，就连我们这些大学教师也喜欢阅读。前些时我去安徽某大学参加博士论文答辩，有一些教师跟我讨论读它的心得，还说金先生写得好，是因他有生活，而现在有些小说家根本没生活，就那么胡编乱写。这批评很尖刻，不一定就说得不好。去年春节，我闲来无事，把《繁花》连续看了两遍。常为其中某些幽默逗笑的情节拊掌大笑。它鲜活的人物形象，源于生活的语言、细节，都让人情不自禁地想到老舍。说金先生是20世纪90年代以后的老舍，其实也不算拔高。读罢小说，我觉得作品有些是取材金先生70年代个人的生活，涉及20世纪90年代部分，则可能是从网络传闻中获取。但后者非常自然地融入他对20世纪70年代上海的体验之中，两者化在一起，并没觉得它们有什么生分。《繁花》八十页写陶陶和潘静在长宁电影院二楼舞厅跳舞，霓虹灯闪烁，灯光转暗。正准备走向卿卿我我阶段，忽然冲进一个披头散发的服务员大叫："快快快，快呀，着火了呀，快点逃呀！"众人纷纷夺路而逃，狼狈不堪。保住了性命，但惊魂未定的潘静，央陶陶送她回家。这段描写就像网络奇闻。不过，有金先生扎实深厚的生活作底，经他精巧自然地一揉，就融进小说里去了。这段网络奇闻，反而充满了作者所喜欢所向往所主张的市民社会的烟火味儿。在《繁花·跋》

里，他曾为自己与传统小说的亲缘关系沾沾自喜:"话本的样式，一条旧辙，今日之轮滑落进去，仍然顺达，新异。"又说:"我的初衷，是做一个位置极低的说书人，'宁繁毋略，宁下毋高'，取悦我的读者——旧时代每一位苏州说书先生，都极为注意听众反应，先生在台上说，发现有人打呵欠，心不在焉，回到船舱或小客栈菜油灯下，连夜要改。我老父亲说，这叫'改书'。是否能这样说，小说作者的心里，也应有自己的读者群，真诚为他们服务，我心存敬畏。"是故，"我希望《繁花》带给读者的，是小说里的人生，也是语言的活力"。我很佩服金先生这种坦率自然，毫不做作。他自愿做一个"位置极低的说书人"，而且"宁下毋高"，于是金宇澄先生带着读者转了一小圈，又转回到清末民初的周瘦娟、张恨水那里。没想到这个在张爱玲之后沉睡了八十年的海派小说传统，再次被金先生发扬光大。它重登摩登之都上海，竟成又一文学"传奇"。

但人大博士生批评的是另一类小说。这是从五四文学脉络中脱胎而来的一路纯文学创作。我们知道五四文学是那种端着架子的文学种类，不是金先生这种"宁下毋高"的文学种类。既然是这个种类，就理应走鲁迅的路线、托尔斯泰的路线，也即19世纪文学的路线。它崇尚悲剧感，建构崇高感和史诗性，不仅不会取悦读者，发现有人打呵欠，便立即返回船舱菜油灯下连夜修改，而是要棒喝读者，力求净化他们的精神世界。网络这种大众文化的宠儿，这个泥沙俱下和藏污纳垢的地方，正是它要鄙夷、反对和批判的对象。它怎么会与它同流合污，组成男女二重唱？这不等于是让纯文学自取其辱？读鲁迅写于1925年1月21日的小说《伤逝》，我们仍能真切感受到他当年心灵的痛苦:"这却是更虚空于新的生路：现在所有的只是初春的夜，竟还是那么长。我活着，我总得向着新的生路跨出去，那第一步，——却不过是写下我的悔恨和悲哀，为了君，为自己。"他竟不知如何走下面的人生路，不知如何安顿自己的灵魂了："我仍然只有唱歌一般的哭声，给子君送葬，葬在遗忘中。我要遗忘；我为自己，并且要不再想到这用了遗忘给子君送葬。"在我看来，这正是鲁迅先生要通过涓生和子君说出的人生的悲剧感，虽只是在写两位年轻人的情与爱，一种崇高感却油然而生。这是涓生和子君两人的"小史诗"。这恐怕不是鲁迅先生取材于报馆杂闻趣事的小说素材。这恐怕是一篇在道德、心灵、眼光和胸怀上要远远高于网络，反倒会让网络自取其辱、自仆于其脚下的辉煌伟大的小说吧。

　　写这一类小说的作家，是不是应该对自己的笔和心灵有所约束呢？这是一般的文学常识。约束指的是一个作家应该对自己的精神世界有更高的要求；对于读者，它有责任指出是非问题，是非在小说中都一目了然。通过小说，读者建立起自己心灵的底线，建立起是与非的边界，知道什么是爱，什么是悔恨，什么是歉疚。文学到底有一个基本功能，这就是与读者一起探索人生的答案，一起经历探索的痛苦。这不光是19世纪文学的价值指向，其实也是现代小说的价值取向。离开这一功能，文学就没有再存在的必要了。1982年，王安忆的小说《本次列车终点》写从新疆返回上海的知青陈信，在经历了一系列的就职、住房和亲情挫折后，一个人乘车去了外滩的一个公园，在那里久久地徘徊。因住房与他发生冲突的哥哥嫂嫂，看到弟弟离家出走，心灵倍感熬煎痛苦，他们四处寻找弟弟踪影。小说写到了这动人的一幕："他站在跟前，走不动了。他感到心里忽然有什么被唤回了，是的，被唤回了。这是他的童年,他的少年,他离开上海时,心中留下的一片金色的记忆。"他清楚地记得,有一次刮龙卷风,因为爹爹早死,妈妈带着他们三人相依为命,四口人全挤在大床上,紧紧抱成一团。闪电、霹雳,让全家人既紧张又兴奋。"是的,暖融融的。这温暖,吸引着他,吸引着他归来。"这时,已经后悔的哥嫂正坐在公共汽车里拼命地找他:大嫂伸手抓住了他:"阿信,你可别想不开!"她又哭了。"你们想到哪儿去了?!"陈信笑了,眼泪却也滚了出来。1982年距今天的2016年其实不算很远。它里面有一条线是始终彼此相连、环环相扣的。这条已经看不清楚的线就是刚才说过的文学的基本功能:良知,或者说是约束。而1982年、2016年又和1925年的鲁迅是心灵相通的。这条线索经历了1985年中国文学转型后的大困惑、大探索、大反复,我感觉它是应该回来了。

在经济学界,《国富论》与《道德情操论》被称为"亚当·斯密问题"。在《国富论》这本书中,政治经济学巨匠亚当·斯密发现了工业革命,也即资本主义制度的秘密:"他追求的只是个人的所得,而在这一点上他就像在许多其他场合一样,总是被一只看不见的手牵引着去促进一个他全然无意追求的目的,而且也并不因为他没有任何这种意图,就对社会更加不好。他在追求个人的利益时,时常比他真心实意地促进社会利益还更加有效地促进了社会的利益。"这位经济学先贤在写《国富论》的同时,并没有完全放下伦理道德理论的研究。在集中精力撰写该书之际,1767年,他又修订出版了《道德情操论》的第三版。因为他深感到英国在"经济"与"道德"之间出现了严重失衡。为平衡人们在资本主义社会追求个人利润时的疯狂心理,这本《道德情操论》

不啻是对这种心理的批判性反思。他在《道德情操论》中把这种基于个人利益的利己主义称为"自爱"。"他指出,支配人类行为的动机有自爱、同情心、追求自由的欲望、正义感、劳动习惯和交换习惯倾向等;人们自爱的本性是与同情心相伴随的,然而,人在本能上又是自私的,总是在自爱心的引导下追求自己的利益,从而妨碍同情心的充分发挥。他还肯定了利己心的社会作用。他认为,'自爱'是人类的一种美德,它决不能跟'自私'相混淆。他把人们追求自身利益的'自爱'看成是一切经济活动的必要条件。斯密在《道德情操论》和《国富论》中,就从这种'经济人'活动的利己主义出发,探讨了人类沉湎于'对财富的追求'原因。"(英国,亚当·斯密:《道德情操论·译者序言》,蒋自强等译,商务印书馆,1997。)可以看出,《国富论》与《道德情操论》是亚当·斯密探讨资本主义秘密的姊妹篇,是两者之间"道德哲学"的平衡器。

我由"亚当·斯密问题"想到了当下小说的现状。这个"亚当·斯密问题"对于今天的作家们也是适用的。我想,既然是从事纯文学创作的作家,就应当像三四百年前的亚当·斯密那样想问题,他一个经济学家,还关切伦理道德的问题,忧心地指出经过工业革命的剧变、冲击和重构,每个社会成员应该坚持自己起码的良知,有起码的道德心和羞耻感,也即知道自我约束。所谓"道德情操论",其实要求人们不仅懂得道德羞耻,还要有更大的社会担当。更不要说人类灵魂导向者的作家了?鲁迅1925年面对涓生痛不欲生的问题,采取的对他心灵世界的严厉解剖,是尖锐的批评,是要求他做出应有的忏悔。王安忆1982年面对陈信这个千百万个返城知青中的一员,在家庭伦理和亲情上的挣扎辗转，写出了一代人的悲欢。我曾经在一篇文章中，称王蒙的《夜的眼》和王安忆的《本次列车终点》是那种"纪念碑式"的小说，就是说他们当时都是对自己时代有担当的作家。其实，细览金宇澄的《繁花》，也不能简单地称之为通俗海派小说，虽然声称"位置极低的说书人"，里面也是有爱恋、有温暖和有是非的。阿宝、沪生、小毛、芳妹、陶陶、玲子、梅瑞是上海的一帮乱世男女，在泥沙俱下的环境中，还懂得自持、悔过、自尊和眷恋。小毛在社会上混得最为不堪，阿宝、沪生则事业风生水起，他便躲着两人十余年不见。老婆难产死后，小毛忽然悟得人生真谛。阿宝、沪生这两位童年朋友在一个落雨天，千折百回地到陋巷里寻他。小说写道："小毛指一指墙上的十字架说，我老婆临走还埋怨我，为啥跟沪生、阿宝不来往。大家不响。小毛落了一滴眼泪说，是我脾气不好。"小毛、沪生、阿宝、玲子和芳妹不是王蒙、王安忆小说里的时代英雄，只是几个乱世凡俗男女。他们想不到大的时代责任要担当，但还知道担着一个小人物的"小责任"。掩卷细想，亚当·斯密真是站在历史的最高处，他在著作中提醒不能因为人性欲望，而"妨碍同情心的充分发挥"。在《道德情操论》第二章，亚当深刻剖析了"论相互同情的愉快"的内容："一个人感到自己的软弱和需要别人帮助时，看到别人也有这种感觉，就会高兴，因为他由此而确信会得到那种帮助；反之，他就不高兴，因为他由此而认定别人会反对自己。但是，愉快和痛苦的感觉总是瞬息即逝的，并且经常发生在那种毫无意义的场合，因而似乎很明显，它们不能从任何利己的考虑中产生。"在《伤逝》中，鲁迅向往的也是这种"相互同情的愉快"，他对涓生子君，他要求涓生对子君，都是如此。所以，这不是一篇悲伤的小说，而是一篇在相互同情中深感愉快的小说。

小说是对生活的升华，而非屈就。有些作家，可能忘记了这个普通道理。他们可能只注重"利己的考虑"，而忘记小说恰恰是一种最能描写体现"相互同情的愉快"的文学形式。只懂得"利己的考虑"的作家，即使他写得再好，也不是一个作家，而是一个网络写手。我想，在"国际小说工作坊"上批评有些小说家的博士生，是在提醒我们注意"作家"与"写手"的区别。不是说要将这种写手从作家群体里剔除出去，而是说这里面确实有"网络"这个界标。应该在写手与作家之间立一块界标。他们提出了最低的要求，就是小说应该高于网络的认识水平，高于网络认识历史的能力和见识。这些好心的年轻人是在提醒那些功成名就的著名小说家：当你意识到自己生活积累日渐枯竭的时候，宁可先放下笔，让自己静下心来，让自己有一种冷眼看世界的眼光和情怀。保持一个作家的尊严，恐怕要比不断写出令人厌烦的次要小说，更为重要。

2016 年 12 月 5 日

经验的陌生、修正和重建

——在新加坡理工大学会议上的主旨发言

从北京到新加坡，相距 4478 公里。而北京距离中国最南端的广州 2100 公里；距离最北端的新疆 2400 公里。我从北京飞广州或者新疆，一般都要 3 个或 4 个小时，感觉很疲劳，可见新加坡与北京的地理距离是很遥远的。

这是我第一次来新加坡，一切都感觉到陌生和好奇，虽然我多次去香港和澳门，但是经验是很不一样的。这是我阅读张松建、张森林两位先生编著的《缪斯的踪迹·新加坡华文现代诗》这本书必须面对的问题。

我首先谈经验的陌生的问题。我是江西省婺源县人，在河南、湖北都生活过，在北京定居也有 20 多年了。婺源历史上是安徽古徽州，1949 年才划归江西。但不论安徽还是江西，在地理上属于大江南的范围，河南和北京都算是中原，湖北在南北之间。这个范围应该都属于一般所说的中国的中原吧。在地理上，我是内陆生活的经验，而新加坡是典型的海洋性国家，这种差别对一个人观念、生活、习俗和思想的影响特别大。因此，我知道自己是习惯用中原的眼光来看新加坡华人创作的诗歌，会不自觉地把自己的中原意识强加给这些作者。例如，英培安《无根的弦》这首诗，我就不很理解作品离散和乡愁的情绪。我虽然从江西到河南、湖北，再到北京，却不曾有过"离散"的心理危机，没有感情上受伤害的感觉。1978年3月，我上大学的时候，从生活的城市到大学所在城市是370多公里，这是我平生第一次出这么远的门，刚开始还有点紧张，不过，暑假回家，再把半年前乘过的火车乘一遍，就有点轻车熟路了。

因此，感觉在中国这么大的版图上走来走去，都是一个样子，自然也是无法理解海外华人的"乡愁"的。虽然从诗歌训练的角度，我知道这是海外华人诗歌一个很根本的东西，然而，我却很难产生很深的体验和同情。

张松建、张森林两位先生在《新国风：新加坡华文现代诗选》长篇序言中提到的"国族认同与本土意识""华文教育与文化伤痕"，是这一问题的延伸和展开，如果想要有深切的理解的话，一定要去阅读大量华人漂洋过海、在马来西亚和新加坡数百年打拼的历史书籍、文献档案来恶补一番，而这也都是间接的，只能解决一时问题，却不能解决全部问题，尤其是对于我来说。去年年底，在日本东京的立桥大学开会，听到一位日本学者宣读他研究新加坡华人日报的变迁的论文，资料很详细，也都有深入的探讨。让我了解到这种变迁，其实牵扯到很多华文教育与文化伤痕的现象。然而，我们把问题反过来，如果是一个长期在新加坡生活，或者就是当地华人家庭出身的研究者，就一定具有比我更优越、开阔、深刻的阅读能力吗？我看也不一定。因为是本地人，不会产生我这种外来人的陌生、好奇的强烈感觉，产生另一种阅读的视角，对于他们来说，这些作品中表现的东西，都是司空见惯的，长期沉淀在他们的无意识心理之中的。由于距离太近，可能就失去了重新观察的眼光；或者作为一个专业研究者去研究，太熟悉的经验，就会悄悄地磨损诗歌作品中某些新鲜的岩面，某些语言词句中非常微妙的信息。这样看，我这个陌生和好奇，就不一定是根本的缺陷了。

但是要读这部《新国风：新加坡华文现代诗选》，我就得修正自己的某些经验，这是我其次要讲的修正经验的问题。十几年前我第一次到台湾参加学术会议，发完言下来后，一位台湾学者对我说，你们是中原意识。我虽然感觉到不舒服，但知道他的意思，并无什么恶意，只是我身上这种中原意识太强烈，给了他很大差异感而已。据我来看，这种中原意识就是儒家传统，是一种家国意识，具有这种意识的人谈问题，往往喜欢取一个很大的角度。王润华先生的诗《南洋大学》写到，南洋大学被关闭后，一车车南大图书馆的书籍，被送到新加坡国立大学的场面。读到这些细节，我发现自己经验里很大的家国意识和角度没有了，因为作品描写的是"个体的伤痕"。我不知道这是不是王先生的亲身经历，但明白如果不从一个人出发，就很难理解这里面的失落、茫然和无助的感觉。所以，我所说的修正经验，一方面指调整自己中国人的中原意识，设身处地地从新加坡华人的历史处境想问题，贴着他们的感觉想问题，并仔细地阅读这些诗歌作品；另一方面努力从一个人的感受，去一步步地走近他们的作品。因为这些作品，能让你感觉到作者的呼吸、心理的不安，体会到他们因为失去某一个重要东西，而在心灵世界中留下的那道恐怕永远都无法平复的"伤痕"。如果这样看，王先生的《南洋大学》、希尼尔的《加冷河》、寒川的《童年·金门》、贺兰宁的《鱼尾狮》和黄明恭的《变迁》等等优秀的诗作，都是可以在修正经验的前提下重新阅读和分析的。

我注意到，修正经验不只是我一个人需要做，而且很多人在进入与自己过去经验完全不同的诗歌作品当中的时候，也可能会发生这类的问题。我举一个具体的例子，七年前，因为课时不够，我就在全校学生中开了一门《阅读当代诗》的校选课，选此课的大多是经济系、法律系、新闻系以及物理和化学系的学生，中文系的学生反而不太多。我当时担心，他们没有经过中文系的专业训练，是否能够应付这门课？我上课会不会吃力不讨好，弄得下不了台呢？这是我小看了中国人民大学的本科生。很长一个时期里，人大的本科生都是从全国最优秀的中学生中选拔出来的，参加高考，如果不是某一个省、市重点中学文科学生的前一两名，根本考不上人大。有些时候，人大文科生的高考成绩，就比北大低五分到十分，是中国录取分数第二高的。记得那次我先介绍诗人欧阳江河的人生经历、创作背景和历史、艺术上的特点等等，没想到的是，这些1993年之后出生的大学生，一下子就抓住了作品的主题意蕴、心理情绪，我想，其中原因是他们在阅读时暗中修正了自己经验的不足。

所以我说，修正经验是一个需要充分发挥个人才华，也需要花很大力气的阅读的过程。对人大学生来说，他们是在发挥个人才华，而对于我们这些专业研究者来说，仅仅如此是不够的，还需要长期浸润在诗歌史的材料、档案里，需要功力深厚的理论素养,把个人感受力与理论和文学史建立起一个有效的联系。

最后一个问题,谈一下阅读中的经验重建问题。英国学者戈登·柴尔德有一本关于考古学研究方法的书《历史的重建——考古材料的注释》(柴尔德:《历史的重建》,方辉等译,上海三联书店,2008。),这本书在欧美学术界被看作考古学的方法论权威著作。我读书很杂,到书店买书,经常会把一些专业之外的书抱回家,有时候偶尔翻起,这本书对我很有用。《历史的重建》曾经对我研究中国当代文学史很有帮助。柴尔德的意思是,从考古学的角度看,"历史的重建"包含着两个方面:一个是把几百米下的考古遗址挖开,会发现,通过下面器物的形制、劳动工具、武器、装饰品、护身符和矿井、墓葬等,看出那时与一两千年后地面上人们的生活习惯几乎一样,没有发生根本性的变化。这一类重建,意味着为今天的生活找到了历史根据。另一方面,考古发现的各种东西从地下挖掘出来,加以修复,研究者下一步要考虑的,是怎么把这些散乱无章的物件,根据各种史料记载、研究比对,创造性地予以重现。

张松建、张森林两位先生的《新国风:新加坡华文现代诗选》是一个关于新加坡现代诗歌创作的选本。这种选本并不是一开始就存在的,需要选家从很多诗人作品中筛选、淘汰、比较、研究之后,最后挑选出来,编成一部能够反映新加坡现代诗创作全貌的权威诗歌选本。而大家可以注意到,这部诗集的长序,既是这部诗集的注释,也是选家编选意图的注释。长序将新加坡现代诗的发展分成几个问题,逐一加以叙述、分析,它们的排列、组合,目的就是重建新加坡华人现代诗创作的历史地理图。我们拿到这部书读的时候,没有意识到,在此之前它已经经历了一个重建的过程。

我这是从诗集编选者的角度谈的重建问题。如果我从一个中国读者的角度来谈重建问题，则是将对新加坡这个国家华人历史的陌生感，通过某种修正，再加上自己对于诗歌的理解，来完成阅读重建的工作。1998年，我在韩国一所大学任教的时候，一位韩国教授告诉我，你们中国人在海外的华侨有三千万之多，跟韩国的人数差不多，他显出很惊讶的表情。如果今天估算，海外华侨的人数恐怕会远远突破三千万吧。于是我想，既然有几千万人离开中国，离散到全世界一百多个国家，有的几代人在那里居住，他们对中华文化的民族认同，恐怕始终没有停止过。因此，我从自己从来没有离散经验的角度，去想象、补充中国华人群体离散的伤痛，这本身就是一种重建工作。这种重建，意味着我们之间有了一种对话性的关系，我读这部《缪斯的踪迹》，感觉是在完成一种潜在的对话。这种对话之间，当然会有差异，有不同点，然而正是这种差异和不同点，才使对话产生了某种张力。这种张力，实际是对张松建、张森林两位选家编选工作的另一种延伸性的理解和研究。在我看来，另一种重建是如何理解"华人教育、本土意识"这个问题。在其他国家，华人可能是一个较小的族群，他们的生存不仅有经济问题，更重要的还是民族文化保存和赓续的问题。因此，我的经验的重建，是聆听到了这个话题里尖锐的痛感，这个痛感，在我看来，就是诗人思想的深度，当然更是作品思想感情的深度。这是一个无法愈合的精神创伤。然而，正是这道裸露了几百年的深深的伤疤，成为新加坡华人诗歌创作的源泉之一，成为灵感不断闪现的一个敏感点。我自己的重建，就是如何理解这个源泉和敏感点。

以上，是我今天要谈的在阅读、理解《新国风：新加坡华文现代诗选》这部诗选时，关于我自己经验的陌生、修正和重建的几个问题。谢谢大家！

2018年8月20日于北京亚运村

《铁道游击队》的历史价值与超越性

——在作者刘知侠先生诞辰 100 周年座谈上的发言

（2018 年 9 月 2 日枣庄）

　　刘知侠先生创作的长篇小说《铁道游击队》对我们这代人有巨大的影响。上小学的时候，我经常会在放学路上，花上一角钱看地摊上根据这部名著改编的连环画。我想，它灌输到我们头脑的有两个东西：一是革命历史教育，二是民族英雄情结。无可否认，当时《铁道游击队》的创作出版是有它宣传教育的意图的，不光是它，与其同时的《红岩》《红旗谱》《青春之歌》等作品都是如此，这是那个年代的历史环境所决定的。不过，由于刘知侠成功塑造了抗日英雄刘洪、王强、芳林嫂和小坡等人物形象，使作品具有了很高的历史价值和审美性，所以，他们潜移默化地进入到大多数青少年精神成长的过程之中，对于传承中华民族崇拜和歌颂英雄的优良传统，也发挥了很大的作用。

　　如果往作品深处挖，《铁道游击队》的历史价值首先体现在，作者本人就是一个经历了战火考验的老战士，他投笔从戎，献身民族救亡的历史洪流，这种人生经历和体验，使他能够成功塑造这些鲜活的英雄形象。20世纪五六十年代的革命历史题材小说的作者，大都是战争年代的亲历者、幸存者，他们的历史情怀必然会深潜到作品当中。所以，这些优秀文学作品的历史价值，最大限度地体现在作品本身的历史温度上，这与80年代兴起的军旅小说可能不同。其次，我认为这部长篇小说虽然取材于抗战时期的枣庄，有它特定的人物原型和故事素材，然而今天来看，它仍然是具有超越性色彩的。读这部作品，你会感觉，刘洪、芳林嫂这种英雄人物可能在中国历史的任何时期都存在，因为他们承载着传承中华民族崇拜和歌颂英雄的优良传统，承载着这一深刻的文化心理结构。同时，因为作品生活气息浓厚，人物性格鲜明丰满，有许多生动的细节描写，有很高的审美价值和观赏性，所以，承载着深刻文化心理结构的作品，就能够产生对具体历史强烈的超越性。也就是说，不能仅仅把它当作具体历史中的红色经典来看待，还应该当作文学史上优秀的文学作品来看待。

我想，这就是我们今天来枣庄，纪念这位写出了不朽传世之作的优秀作家的意义所在。

就目前"十七年文学"研究的状况看，研究《红岩》《红旗谱》《红日》和《青春之歌》的成果比较多，而专门研究《铁道游击队》的成果相对较少。这是有问题的。山东是诞生红色经典作品最多的省份之一，除《铁道游击队》外，还有《苦菜花》《大刀记》等著名小说，这与抗战中山东是战斗最激烈的地方有一定的关系。所以我想，山东本地的学者应该先做起来，写刘知侠的传记，搜集整理相关史料，同时，对这种小说题材与枣庄当时的历史环境、人文地理、交通线路等等的关系，再做深入细致的考察和研究，带动全国学界，将对《铁道游击队》的研究提高到一个新的水平。

谢谢大家。

2018 年 9 月 1 日于北京亚运村

辑二

我的文学年代

四十年来文学创作主要经验漫谈
——在《文艺报》2018年10月召开的"四十年来文学创作主要经验"座谈会上的发言

一般人会说,没有改革开放,哪有新时期四十年的辉煌历史?但改革开放的思想核心要说清楚,一是思想解放,二是鼓励人们积极大胆地探索。这个思想核心,激活了沉睡了几十年的历史,令中国当代史的面貌焕然一新。

这是我谈四十年文学创作主要经验的一个大帽子。

主要经验牵扯到方方面面,一下子说不深透,我想主要就文学形式的探索谈一点看法。1979年到1982年,文学创作的主要精力是清理历史旧账,比如伤痕啊、反思啊,等等。1984年,关于文学形式应不应该探索、怎样探索的争论就出现了,这就是冯骥才、刘心武和李陀三人的《关于"现代派"的通信》。虽说通信的讨论并不深入,还纠结在社会主义现实主义文学与现代派关系等问题上,撕扯不开,但它客观上对文学探索的鼓励,促使徐星、刘索拉和张辛欣初期的现代派小说出现了,他们作品的形式与伤痕和反思文学截然不同，开始与欧美20世纪现代派小说接轨。

当然，最大规模的文学形式探索，出现在1985年、1986年的"寻根文学"和"先锋小说"上，这是中国当代文学在艺术形式上的一次重大转折。寻根作家如韩少功、贾平凹、李杭育、郑义等的小说，形式上一方面模仿魔幻现实主义，一方面模仿唐宋志怪小说和明清笔记小说，给人眼睛一亮的感觉。马原、洪峰、余华、孙甘露、格非等干脆就把卡夫卡、博尔霍斯潜意识心理剖析和客观叙述的技法拿过来，运用得还真活灵活现。如果不算20世纪文学的"苏俄化"，当代文学史上最大一次"世界化"，就是这一批富于探险和创新精神的青年作家开启和推动的。这个历史功绩简直大极了。它的意义，一点都不逊于1917年的"文学革命"。

那么，这些大大小小文学形式探索上的"文学革命"，对每个敢于创新的作家意味着什么呢？一个是小说"写什么"，以及"怎么写"的问题。之前只强调小说写什么，反倒把怎么写的创作创新冲动束缚住了，"怎么写"就是给作家的思想观念和创作松绑。第二让作家意识到，小说存在着无穷尽的写法和艺术的可能性，你怎么创新、探险，不管成功不成功，都没人干涉，相反，还在作家协会、文学批评家和广大读者那里，受到千般热情的鼓励。在我看来，这是发生在作家内心深处的一场真正的"形式的革命"。所以，之后什么新写实、新历史主义、女性写作、60后、70后和80后，都涌现出来了，什么禁忌都不存在了，你只管写就是了。

今天回想这一场34年前中国当代文学史上的"文学革命"，真像一场"历史地震"，真像是一次"凤凰涅槃"，像一个让人不愿意走出的好梦,更像一次个人思想观念的脱胎换骨的改造。总之,这次文学革命的轰响一直从34年前延续到现在,每个与文学创作有接触的人,都经历了最为深刻的文学观念和文学形式的洗礼。我认为这是对我本人影响最大的方面。

上面我谈了文学创作对形式探索的贡献,但不要忘了它还有重要的两翼——一个是文学批评的推动,一个是杂志编辑对文坛新秀独具慧眼的发现。现在想想,从1979年朱光潜先生提出人道主义问题,四次文代会召开,接着是李子云的文章《为文艺正名》,关于现代派文学的争论,更有1986年刘再复的"论文学的主体性",鲁枢元的"向内转",一系列富有激情的新锐思想的连续爆破,彻底在理论观念和文学观念上使文学创作,从阶级斗争转移到文学是人学这个大盘子上来。再后来,就是上海和北京一批新潮批评家对叙述、形式结构的大力倡导和推进,以及他们对马原、洪峰、莫言、余华、格非、苏童、孙甘露、扎西达娃等人作品的细读,全面普及了关于现代派小说和新潮小说的知识。不仅在大学的文学课堂上广为传播,还由此传播到全国各个层次的读者中去。这次新潮小说的大普及,使文学探索的理念和行为在中国文坛站稳了脚跟。到1986年后,文学界再不会有人像对朦胧诗那样争论"懂与不懂""朦胧晦涩"的问题了。在这方面,几代具有历史责任感和使命感的文学批评家们功不可没。

另外,不要忘记全国各地文学杂志的编辑对形式探索的大力支持,没有他们辛勤的劳动,尤其是对文坛新秀独具慧眼的发现提携,怎么会在短短的四十年涌现出那么多优秀作家,形成当代文学蔚为大观的壮丽局面?在此,我举几个具体例子,例如《当代》的秦兆阳与路遥的《在困难的日子里》,中国青年出版社的王维玲与路遥的《人生》，《人民文学》的朱伟与莫言的《红高粱》，《北京文艺》的李陀与余华的《十八岁出门远行》、马原的《冈底斯的诱惑》，《人民文学》的王蒙、刘心武与徐星的《无主题变奏》、刘索拉的《你别无选择》，《当代》的章仲鄂与王朔的《空中小姐》，以及《收获》的程永新与西藏先锋小说作家群，他与余华、孙甘露、格非、王朔等的交际通信及对作品的修改发表，等等。在地方一级的文学杂志上，还有众多默默无闻的大量优秀编辑，对这些成名作家初期的提携帮助。因大量史料文献还没有被发掘，可惜很多事实没办法知道。

总之，总体历史环境、作家、批评家和编辑的合力作用，才使文学形式的探索构成了新时期文学四十年最为重要的文学经验。

2018 年 10 月 19 日

2018 年 10 月 28 日修改

在改革开放的大视野中看路遥

——2018年12月7日在中国作协和陕西省委宣传部召开的"改革开放与路遥的创作道路"研讨会上的发言

今年是改革开放四十年,也是路遥逝世二十七周年。在改革开放的整体视野里看路遥及其创作,是一个非常有意思的话题。

我主要讲三个问题:

首先,没有改革开放营造的鼓励个人奋斗的大环境,不可能有路遥这样的作家。与此同时,路遥创作的《人生》和《平凡的世界》等优秀作品,进一步充实丰富了改革开放历史文化情境,一个普通人通过个人努力和奋斗,最终实现人生理想。高加林这个人物形象,不光浓缩了千百万个回乡青年农民的"心灵史",也是我们这些当年知青的"心灵史"。而孙少安、孙少平兄弟的形象,则浓缩了20世纪90年代后市场经济全面铺开之际,千百万个从农村涌进城市的打工者艰辛不屈的生活意志。这两个人物,是20世纪八九十年代改革开放中中国社会的人物形象。如果说,新时期文学四十年一直缺少能够贯穿始终的文学主人公,我认为在通过奋斗从底层上升到社会中上层的意义上,路遥塑造的人物形象,是可以作为文学主人公而铭刻在历史丰碑之上的。

其次，这是不是说，路遥的思想和文学追求，是改革开放大视野中文学创作的唯一追求呢？我认为不是。如果这样看路遥，就把历史的宏大场面弄狭窄了，正如黑格尔在其《哲学史演讲录》中所指出的，这不是"全部的历史"，而只是"历史的局部"，虽然这个局部在最近四十年中国人的精神世界中，可能是最重要最激动人心的一部分。自近代以来开启的改革开放这幕历史壮剧中，对于每个中国人来说，它的内涵是极其多元和丰富的，既有鼓励人奋斗向上的思想激情，也有宽容和理解每个人选择不同人生道路的清晰思路，既有外在的奋斗史，也有潜意识的内心活动。比如，徐星的《无主题变奏》、刘索拉的《你别无选择》《蓝天绿海》、张辛欣的在《同一地平线上》等反映青年人在历史变革之际的言语行为，同样折射出改革开放对于我们这个民族的伟大意义。所以，如果只以路遥为标准，来要求所有的作家都按照这个路子去从事文学创作，我们今天看到的极其壮丽、宏富的新时期文学四十年的恢宏图景就不存在了。我的意思是，路遥大部分的作品，反映的都是普通人奋斗的过程及其命运感。而另外几个作家，也包括很多其他题材的文学作品，则反映的是城市青年和知识分子对于历史巨变的理解，描画的是他们独特的人生道路和心灵史。

再次，我这样说，不是要矮化路遥对于改革开放和新时期文学的意义，相反，我是要强调，他作品对于人的命运的关注，他的创作所代表的现实主义文学精神，不仅不能低估，也许还能成为一面历史的镜子，帮助我们思考这四十年文学的得失。我有一个粗浅的看法，不知道对不对？伤痕、反思和改革文学之后，当代文学迅速提出"寻根""先锋"的口号,对于鼓励文学探索,尤其是文学形式的探索、实验,使文学创作的审美水平、艺术技巧摆脱过去落后的阶段,跟上世界文学发展的脚步,意义是非常巨大的。然而这样一来,像路遥等坚持现实主义文学精神和创作方法的作家,还不止是他一个人,都被历史匆匆掠过了,成为新的文学场中一个无足轻重的文学现象。现在很多作家,都把文学创作的技巧看得重要,习惯用卡夫卡、马尔克斯、卡佛等西方作家的作品,作为小说创作的标尺。这在当代作家中,成为一个很普遍的风气,批评家也大多跟着这种风气跑。相比之下,关注人的命运、揭示大历史下人生的悲欢,尤其是能够概括这四十年时代风云的能够触碰读者内心世界的作品,可以说是几乎没有的。另外,很多作家特别喜欢谈文学的"隐喻",所谓"寓言式写作",这个到底对不对呢?至少我现在看不出它对中国当代文学的未来究竟有什么好处。在这个背景中,你再来读《人生》《平凡的世界》,虽然感到它们的创作技巧并不是很高,然而它们与你自己的内心有一种对话性。我认为,不能仅仅以知识精英的文学趣味来判断文学的是非,还应该留意普通读者怎么看。比如,为什么迄今为止的新时期作家,路遥作品的发行量是最大的呢?仅仅因为它们是励志的、通俗的小说类型吗?我觉得事情没有那么简单。也因为如此,新时期很多作家笔下都没有一个令人难忘的文学主人公,而高加林、孙少平却是令很多读者都难以忘怀的文学主人公,究竟是什么原因呢?

这就是我要说的意思,首先,路遥小说中的奋斗主题,是改革开放四十年最为重要的价值之一;其次,不能以路遥为是非,贬低了其他文学探索和创作的价值;再次,我们将路遥现象扳过来，作为一面历史的镜子，去重估新时期文学四十年的是是非非、得失功过，便会发现，路遥对新时期文学四十年的历史道路走向，都是一个涵义深远的存在。今天看，他并没有被80年代中期开始的文学新潮冲击荡涤得了无踪影，当这些文学大潮过去之后，他反而很像惊涛骇浪中时起时伏的黑色的礁石，一直都耸立在那里。

这就是路遥之于新时期文学，路遥之于我们这些当代文学史研究者的意义。

2018年12月4日于北京亚运村

回到本乡本土
——读莫言近一两年的短篇小说

莫言 2017 年在《人民文学》《收获》上发表了一批短篇小说，这是他 2012 年获诺奖后的"归来之作"。我读后，感觉作家的手感非常好，于是便猜想，是不是这 5 年他都在偷偷写，只是没拿出来让读者惊喜罢了。

然而，多年不读他的中短篇小说，一看这批作品，脑中马上会浮现出《透明的红萝卜》《白狗秋千架》《枯河》《球形闪电》《金发男儿》《拇指铐》等小说来，情不自禁要拿它们做比较，这是人一般都会有的心理。我想说，当一个大作家真难啊，当一个获诺贝尔奖的世界级作家就更难了。批评家老喜欢给作家压力，换你来当作家试试，就知道其中难言的苦衷了。

我对这批作品最突出的印象是回到本乡本土。一般来说，大多数作家的创作都是"回乡之作"。作家离开故乡之后，会对它产生陌生化的距离和想象。《透明的红萝卜》是回忆童年在桥闸下打铁的经历，《白狗秋千架》写当年的劳作之苦，《红高粱》写故乡人民的尚武之风。这些回乡之作中有一股"先锋小说"的观念、手法和意图。莫言这次发表的《地主的眼神》《斗士》《左镰》《天下太平》等短篇，"先锋小说"气味明显减弱，原汁原味的本乡本土的气氛挺浓厚，故事性很强，运用的是中国传统小说的白描手段，读起来很舒服，像就着花生米，慢慢地品茅台，不像读"先锋小说"那么紧张，还怕自己有落伍之嫌。这可能跟作者的年龄有关，或可叫"晚年之作"？当然，我觉得还是"先锋小说"退场多年之后，在诺奖轰动效应逐渐沉寂之后，作者看天下大事的眼光变了，也可能跟他小说写作观念的变化有关。这个变化，就是作者裸身回到了"本乡本土"。

你看莫言写《地主的眼神》就像是一个本地农民。作品中的"我"割麦子这个细节，取自作者童年时的经历，而老地主都是割麦高手，这些材料，他都在《莫言王尧对话录》这本书里谈过。"我"年幼手笨，跟始终与自己一步距离的老地主漂亮的农活儿一比，不仅被村里人嘲笑，在家里也被当作笑柄。于是，就在作文里报复他。这个故事可能是虚构的。小说第二节写去年麦收时，自己坐在老地主孙子孙来雨的金牛牌收割机的驾驶室里体验生活，"回乡视角"就出来了，但感觉与柳青、浩然的下乡不同，与鲁迅、沈从文的回乡也不同。因为他是本地人，与老地主、老地主儿子媳妇于红霞（小说还写到两人不存在的一段绯闻）、儿子和孙子都是熟人，街坊邻居一般，彼此性格脾性相互都了如指掌。你读《红高粱》，虽然宣称是"我爷爷""我奶奶"，但感觉是绷着的。《地主的眼神》的叙述却很松弛。因为莫言没再把自己当成是"先锋小说家"，只觉得自己是当地的乡里乡亲。这个叙述的调子和风格，我很喜欢。今天看来，鲁迅、沈从文都算不上原汁原味的乡土小说家。

《斗士》里的"狠"，像是回到了《红高粱》，尤其是《檀香刑》里。例如老村支书方明德对爷爷说："你可以当顺民，我不能，我要战斗！"这当然是典型游戏文章的讽刺笔法。还有，《左镰》里被爹剁掉右手的田奎，一群孩子欺负傻子，爷爷拿凳子砸"我"和哥哥等等。当然，最狠的还是武功跟人斗一辈子的描写。说明莫言在回乡之作中还保留着一些过去小说的观念和手法。这种"狠"，今天来看，可以称作戏剧性吧。戏剧性，是莫言过去很多小说成功的技巧，可称之为莫言的笔调。这回看武功这个人物，我以为是一个本地作家看乡里人的视角，跟现代文学中鲁迅、沈从文，包括那些乡土小说家都不同。他对武功的愚蠢、可笑、顽固、狭隘和凶残有取笑，也有同情，是贴着这个人物的心理逻辑写的。它不是什么"还原"，而是老老实实地回到本乡本土。这种小说，在明清小说，甚至以前的宋元话本里都有。但它与前者相比还是不同。比如这个情节：武功被打的几天后，挂着拐杖出现在王魁门口，破口大骂。王魁将铁锹刀刃逼近他的咽喉，"我先毁了你这杂种！"武功反倒平静地笑了，说：你力大无比，我打不过你。但你女儿三岁，儿子两岁，老婆肚子里还怀着孩子，他们总都斗不过我吧？你就等着收尸吧。这段描写虽狠，但有当地生活的实感，没在当地生活过，不对"回到本乡本土"的创作经验有深切了解的作家，写不出这么逼真的场景来。由此，也可以看出当地一向尚武的乡风民俗。我所谓回到本乡本土，是指写出本地人性格，活生生地塑造出作品主人公性格的那种乡土小说，所以说它与带着太多社会责任的现代文学不同。

《左镰》也很好看。一伙走村串户的打铁匠，串出了田奎右手被爹剁掉、只能用左手割草，一群孩子打傻子和他妹妹欢子，"我"爹拿凳子砸我们兄弟，以及欢子先后嫁过老铁匠儿子小韩、老三，最后都把他们克掉（克夫），袁春花又把带着孩子的她介绍给田奎的众多故事。这些故事相互串联，衔接很紧，又前后跳跃，浑然一体，把这个回到本乡本土的村里人故事，讲得有滋有味。作者虽然也不避讳"许多年过去了，我还是经常梦到在村头的大柳树下看打铁的情景"这种典型的"童年视角"，或"作家回乡视角"，然而，他讲的这些故事，究竟与当地老汉讲的那些乡下人故事有什么不同？你一点不觉得它们有什么差异。差异只在作家讲故事时多多少少带了点叙述的技法。比如，刘老三的独子——傻子喜子走过来，一群孩子将一团泥巴打在喜子胸膛上，又打在他很大很黑的生殖器上，赤身裸体的喜子还跟着大家一起笑。提着哥哥衣服裤子，一边用身体挡住哥哥的欢子被气哭了，她也被打了几团泥巴，气愤地说："你们这些坏种，欺负一个傻瓜。"这段描写，尽管作者用的"回乡视角"，但他把这视角打磨得非常自然，几乎不留痕迹。我认为他磨去的是"作家的视角"，想让小说更自然一些，更贴近当地的生活一些，所以，我才说这是一批"回到本乡本土"的作家新作。那篇《天下太平》也很精彩，例如孩子盯着鱼的眼睛看的细节，让人想起《透明的红萝卜》。作品浑身上下的泥土味，是憨态可掬的，跟我在高密聂庄曾经看见的泥塑很相似。

2018 年 5 月 8 日
2018 年 5 月 11 日修改

读老滕长篇新著《刀兵过》

一

老滕的长篇小说《刀兵过》给我印象最深的是它的格调。该作品格局雄伟瑰丽，意境用意深远，无论从哪个角度看，都可以说是近年来历史题材长篇小说中少有的佳作。它立足于从晚清到当代的历史大幕，从王克笙、王明鹤父子矢志行医救人、立德立心的一生追求中，折射时代变迁，审视传统文化，料读者阅罢，一定会放眼百年风云，反观自己内心深处的问题。

王克笙、王明鹤是两个穿行在历史长廊中的侠客式的人物。王克笙原籍皖南祁门，出身中医世家，在天津完成学医生涯。为恢复朱氏祖姓，决意跟随徽商吴志甫行走天下。他们一路出津门，经山海关，抵黑龙江，落脚辽南营口，达一年之久。光绪八年，王克笙根据塔溪道姑指点，又独自西行，在西南三百里一望无际的芦苇荡深处，一个俗名叫九里的小岛上，以韩马姚姜四家为基础，建立三圣祠，立乡约，定规矩，在号称酪奴堂的行所坐诊行医。因医术高明，普济世人，久而久之，王克笙成为这个世外小王国受人爱戴的乡绅和盟主。九里是通衢大道,历年兵祸不断,王克笙却能带领乡亲得以幸存。他虽与塔溪道姑惺惺相惜,暗结恋情,然终能发乎情止乎礼。他娶乡绅名媛蒲娘为妻,却与塔溪道姑维持一种柏拉图式的纯洁友谊,分寸拿捏之间,映衬出古代圣洁男女超然的情操。

王克笙死后,儿子王明鹤似乎情欲克制力还在父亲之上。先后有京城女学生栗娜和冰清玉洁的道姑止玉闯进他的生活,然他已立志父业,断绝尘缘,以传承中国传统文化精髓的乡绅自居。在他与东北军、土匪、国军和日本鬼子数十年巧妙周旋下,九里的三圣祠和酩奴堂终能在世事纷争中自保。牺牲自己,来保一方百姓太平,成为父子两人默默传承的一生伟业。这种舍我其谁、慷慨赴死的浩然正气,使九里这块乱世中的一处净土,得以熠熠生辉。作品对父子俩坚韧不拔的信念做了最后诠释,透露出其中最深沉的秘诀:"村口那块青石碑是父亲所立,《酩奴堂纪略》中记载了这块条石竖立的过程。青石是没加凿刻的原石,王克笙在老坨头酸枣丛里发现了这块几乎被埋没的青石,挖出后一看,竟有五尺高半尺宽,两层砖厚。想到九里还没有村碑,便把青条石拉回九里,从田庄台请来石匠刻上'九里义渡'四个行书大字,立于河边渡口,成了九里村碑。'九里义渡'一则纪念韩家几十年如一日为过往行人免费摆渡,二则取意以渡兴村,聚拢人气。大江横万里,古渡渺千秋,在王明鹤看来,一个义字,让九里在这块扁平的碱滩上立起来了,而这块村碑已经不是简单的标志,如果把九里看作一座城堡,它就是九里的城门,这也是每次过刀兵他都要来此交涉的原因。"

老滕显然不是只讲故事的小说家。他写《刀兵过》的用意,已在王克笙父子与历史的关系中昭然若揭。历史题材小说，着眼于"历史"，但又在历史之外。历史本身就是一种参照，这种参照性功能，在历史叙述当中已经自动启动。这种参照性以王克笙父子为节点，但又不以这个节点为满足。在现实生活中，九里当然是一个虚构的神话，它的神话性，本身就是另一种被参照、延伸着的现实性。于是，与王克笙父子这种侠客式人物的线索并行着的，是道观人物塔溪道姑和止玉道姑的另一条线索。道观好像是世俗世界的对立面，它自身的价值也由此而产生。小说中，有多处王克笙父子与两位道姑的对话，表面玄虚，实际充满了一般读者都能理解的现实性。我们这里所说的"参照性"，就是在上述几重关系中产生的，它赋予了《刀兵过》异乎寻常的含意。尤其是到作品最后一部分，当书记逼婚，王明鹤与止玉有一次彻夜长谈。当王明鹤表明心迹，说他不是忽动尘念，而是出于保护才出此下策的时候，止玉说："当年，塔溪师父看好令尊，两人惺惺相惜，却能发乎情止乎礼，止玉何尝不是一样？小先生是唯一与止玉有肌肤之亲的男人，止玉虽然出家修行，但也是血肉之躯，不过，止玉深知，凡事人在做、天在看，头上三尺有神灵，止玉哪怕一丝一毫的闪念，都在师父如电双目之中，止玉岂敢离经叛道，让半生修行付诸东流。"小说为读者点出当时对话的情景："碗中的祁门安茶已经凉透，平静似一块琥珀。"参照小说之外几十年物欲横流的历史，这份坚持、这份操守实乃是一种伟大的常识。

二

《刀兵过》另一值得肯定的地方，是它对几个女性形象的成功塑造。在乱世之秋，她们身上的剑气、侠气和骨气，更焕发出了异样的光彩。塔溪道姑是一个奇女子，洞悉世事真谛，心地高远清澈，是一个情藏于内心深处的真实女人。王克笙离津门，来关东卜奎，最后落脚九里，似乎都与她有不解的因缘。在王克笙眼里："慈悲庵初遇塔溪，只见一张洁冰止玉的脸，如同《石头记》中那个带发修行的妙玉，韵致天成，让人飘飘然心旌不竖，须臾间得道成仙。道姑提水的身姿十分轻盈，微微倾斜的上身与提着的水桶保持一种平衡。王克笙呆呆地立于院中，直到正殿里的尼姑也出来汲水，他才不情愿地离开。"对关外美色，这是适龄男子的自然心理反应。但未想，塔溪还是一个眼光深远之人。塔溪道姑停下舞剑，回屋内拿出一方折叠好的黄绸布，郑重递给他，说："这是辽南堪舆之图，泊洲先生带在身边或许用得上。"塔溪道姑并不多讲，神情自然。王克笙说："塔溪师父见多识广，辽南乃陌生之地，可否给泊洲指点一二。"塔溪道姑便说："行走即修道，且行且悟，修心见性，循道而行。"王克笙有些不解，"如何修心请塔溪师父明示。"塔溪道姑解释："修心无非去念，人心有妄念、正念、无念三界，修到无念之界，便是神仙了。"塔溪点头示意，"上路去吧，一路可施茶舍药，周济穷苦，悔吝自当远离"。直至几次遭遇兵祸，都经她指点化险为夷。即使知道王克笙对自己的爱恋，塔溪也能够始终自持，更令前者觉得她的可遇而不可求。

与师父的高冷不同，徒弟止玉虽也侠气、骨气缠身，却更为温婉可人，例如王明鹤为藏于蟹冢洞中的她推拿治腿的一幕。作品写道，王明鹤看到西厢房里已经熄灯，便悄悄来到三圣祠，从暗道来到止玉藏身的蟹冢。蟹冢洞里狭小，一盏如豆油灯尤显孤独，这是旧小说最擅长表现男女情爱的场景。灯光下，止玉则抄袖半躺，见他进来，仅微微点头，显出理智。王明鹤发觉止玉的异常，伸手摸她额头，却烫得厉害，原来止玉正在发烧。王明鹤说："我回去取药。"回头要走，被止玉一把拉住衣袖。"半夜三更，你走来走去容易被他们察觉。"止玉声音很弱，令他怦然心动。他问："我为你推拿祛烧可否？退烧有大椎、十宣、曲池、合谷、外关几个穴位，记得塔溪道姑说过，治病不在破戒之列。"止玉犹豫片刻，点点头，闭上眼睛。见止玉如此冷静，王明鹤倒觉着心在狂跳，大椎穴需要俯卧来推拿，他一时无法出手。止玉见他没动，便鼓励道："小先生不要多想，只管放手来治便是。"王明鹤道："请止玉姑娘俯卧才好。"止玉翻过身去，王明鹤两手有些发抖，轻轻将止玉的道袍掀开，道袍下是一件白绸内衫，王明鹤感到灯光忽然亮了许多，便盖回道袍，回头一口吹灭了油灯，在黑暗中再掀起止玉的道袍和内衫，这样，只能靠两只手来勘探止玉大椎，开始有节奏地推拿。止玉没有说话，她很清楚王明鹤吹灭油灯的用意，五色令人盲，油灯一灭，五色不现，他可以用心推拿了。王明鹤第一次为年轻女性推拿大椎穴，止玉皮肤又丝绸般爽滑，推拿中他感到一股香气，这香气像章鱼一样在纠缠他的肺腑，让他呼吸无法匀称。他默数着推拿的次数，整整二百下，他停下手，小心翼翼地将掀起的内衫、道袍都放下来，小声说："大椎穴推完了，转过来吧。"他摸索着找到火柴，重新点燃油灯。止玉的脸像刚刚洗过，湿漉漉的。这段描写极其细致，文字指向青年男女的内心，然而一举一动又那么合乎礼仪。由此可见，止玉的自我修炼，已不下于师父塔溪。她冒死在庵中掩护野龙的壮举，更非一般女子可为。然而，当王明鹤被迫向她求婚，却遭到了她的严厉拒绝,直至最后行走天涯。

如果说父子俩都错失了红颜知己,原因是庵中那深不可测的信仰,那么栗娜的到来,则衬出王明鹤在父亲精神的感召指引下,已进入了一个净化的境界。栗娜像一个从天而降的传奇,这可能有点夸张。不过,作者大概是拿她与止玉做个比较,借以指出王明鹤也有世俗情爱的另一个面向。她洋气十足,不仅赢得蒲娘欢心,也令青春年少的王明鹤几乎把握不住自己。芦苇荡中浪漫荡舟的一幕,又转向两人并肩前去向塔溪道姑请教。见这位"小先生"死死坚守最后的防线,来自大都市的栗娜便有些着急,几次暗示小先生是否已有爱慕对象,当然这是在暗表心迹。可王明鹤在父亲那里中毒太深,对女色竟有天然免疫力,却叫栗娜大感不适。作品叙述很多章之后,又路转风回,把多年失去音讯,已为中老年妇女的栗娜带回了九里,原因是她来看望关押在此地农场的丈夫。但作者让她丈夫很快病逝,又接续上两人情缘。在被止玉坚决拒绝之后,已进晚年的王明鹤灵魂早已皈依上帝,即使栗娜千呼万唤,也不会再返回世俗人间。于是,栗娜只能就地陪护着这位几十年的恋人,直到二十年后才重回北京。这出感天动地的恋情,因时代多次诡异巨变,而更具传奇色彩。如果说,王明鹤与止玉爱情是琴弦突断,虽叫人心痛,也能稍稍缓解。他与栗娜半个世纪的持久相爱,却无疑是一出《梁山伯与祝英台》,它是内心深处久久的共鸣,是极其长久和难以泯灭的。

三

前一段我在参与《小说选刊》与高邮市共同举办的"蒲松龄

小说奖"时,点评到了几部参选作品,如王安忆的《向西,向西,向南》、张悦然的《大乔小乔》、老滕的《黑画眉》等(因老滕担任评委,主动退出评选)。不妨抄录这里,借以比较老滕小说的艺术特色。

我说王安忆这篇近作,仍保持着从容不迫的叙事姿态,圆融深致的文字风格,但文笔绕的东西在减少(这是她作品阻碍与大众普通读者交流的障碍之一),传统白描成分在增加。作品是写上海女人陈玉洁在纽约和香港的故事。它不是王安忆最好的中篇,但也经得起阅读,很有味,尽管有点松沓。

张悦然作品我读得不多,却喜欢这篇《大乔小乔》。这篇小说语言细致丰富,很敏感,人物关系的方方面面都照顾得到,不足是缺少直插到底的凌厉果断,这就影响了作品内在的爆发力。大乔小乔都是小城女孩儿,妹妹小乔精明,姐姐大乔糊涂,小乔上过大学,大乔因怀上别人孩子身陷困境。小乔想救她出来,又无能为力。

小乔想帮大乔,又怕影响自己。从小在姥姥家长大,因此无端生出对大乔在父母身边有完整家庭生活的含蓄嫉妒。她谎称大乔是表姐,不想让男友沈浩明真正帮她。

小说始终一波三折,写大乔到北京求小乔帮忙,回去生了孩子,还发来照片,又跳河自杀。一惊一乍的,看得出作家身上有张力,暗狠。作品内含着一个主题:小乔想成为一个合法的女儿而不得。

老滕的《黑画眉》是一篇风俗化小说。作品有深厚的辽南农村小镇生活气息,小嫚从父亲手里接下石磨豆花的小店,挣钱其次,主要在延续一种古老的乡村生活习俗,保留传统的生活方式。

作者文笔密实，沉稳，生活感强，对人情世故拿捏得很有分寸。

将几个作家一比较，就看出了老滕小说独特的艺术特色。《刀兵过》这部长篇，我总的感觉是，它是一部态度沉稳，气势恢宏，用意深沉，且具有自己鲜明叙述风格的作品。它对王安忆的市井人生、乱世传奇不感兴趣，也无意写大乔小乔这种小时代小人物的悲欢离合，它追求的是史诗风格，是严正、肃然的历史大片。可能因顾虑较多，故事展开过程有一点拘谨。有时候需要深挖的地方，也只是点到为止，影响了作品整体的悲剧性、无常性。不过，作者所擅长的绵里藏针的叙述套路，也帮助作品绕过敏感话题、敏感地段，一步不弃地走向他想达到的目标。所以，整部作品读后，我仍感觉到巨大的悲剧感，像是远远地平线上隐隐传来的地震的信息，大面积的、持久的、一直不能放下的。从辽南一角的九里，传至关外，波及中国浩大的腹地，波及历史深处。

老滕还应该增加作品的冲突感，这种冲突感不单在九里乡绅和平民百姓与兵祸之间，也表现于他们内部。作者想勾勒出一个百年历史之外的世外桃源，是它异常动人和极具魅力的缘由。但这种唯美式的现实观念和构思模式，也降低了作品冲突的丰富性、饱满性。自然，不管作者自觉还是不自觉，这里面有沈从文的文学资源，例如那遥远的湘西世界。乌托邦式的文学世界，有它非常正当的理由。可《刀兵过》还无意让自己变成另一个湘西，它实际有非常浓厚的现实情怀，有深沉的历史反思和批判。那么，这种唯美性、宁静性与反思和批判的关系应该是怎样的，便是作者不得不考虑的问题。

《刀兵过》难能可贵地丰富了辽南历史题材小说薄弱的领域，让我们在那里的诸多作家的选择之外，看到了老滕的文学野心和抱负。这是一个著名的移民之地，同时也是一个被文学史遗忘的角落。那里丰富的移民史，因为某些原因，一直没有真正进入作家的艺术视野，错过、牺牲了予以揭示展开的机会。那里还埋藏着异常丰富的移民文学的素材资源，这次多亏作家以他的久蓄之力，进行了一次大面积的深度挖掘，而且这次挖掘所完成的作品，无论从作品结构、构思角度、人物塑造还是叙述手段上，都有很抢眼球的创新之处，已无须多说。

2018 年 3 月 23 日

心思细密的小说家

——读付秀莹的长篇小说《陌上》

付秀莹好像更愿意写以小见大的小说。她的中短篇已显示出这个特点，到长篇小说《陌上》，就愈加凸显了。这是一个作家的叙事习惯，也是一种小说笔法。这种习惯与笔法是一致的，因为它联系着作家本人的艺术气质、眼界、训练及心目中的文学理想。这一趋向当然承传了孙犁、汪曾祺精致抒情的传统，但也是付秀莹在目前小说格局中的有意选择。

2016年版《陌上》封底，有对这部长篇小说创作的介绍："俗话说三个女人一台戏。芳村的女人个个都有一台戏。家长里短，柴米油盐，院里的鸡，屋里的娃，婆婆儿媳，远亲近邻……你来我往，悉数登场。生旦净末丑，全都是生活的主角儿。日子过得好与坏，家家有本难念的经。这经不单要自己念，还有人在偷摸找外面的'和尚'来帮着念……"当时翻看小说，没注意到它的意思。今天再读，约略明白里面的想法了。作家是在经营北方村庄三个女人的小舞台，一步步地接近那个正在变迁的大社会。

付秀莹特别会写女人的小心思。早晨起来，阳光照亮半个屋子，躺在床上的香罗还在捋和新婚丈夫根生脸红争执的来龙去脉。根生这个人有点木，人长得倒周正，清清爽爽，可有女人气，心细，嘴拙。香罗不是不喜欢他，只是有点遗憾。婚姻可是女人大事，没有哪个不带着遗憾走进婚姻殿堂的。正胡思乱想，堂妹彩霞推门进来。香罗蓬着头，穿着肥大睡袍，半边脸还压出清楚的凉席印子。起身梳妆打扮的香罗，听着彩霞的絮叨，便有些烦；但见她眼泪掉下来，心却软了。看她松松垮垮的腰身，香罗心里真是百般滋味。小说写道："当年的彩霞，也是身长玉立，好模好样的好闺女。这才几年！"从彩霞想到自己，香罗的心思就黯淡下来了。女人来到这世上，经过社会婚姻的几番折腾，还剩下多少好光景？！

作者还爱写婆媳斗心眼。翠台是能干厉害的婆婆，新婚媳妇爱梨却话少，心机深藏。新人刚进门时，两人处在相互探索、悄然磨合的阶段。一日擀面包饺子。翠台正用马生菜和着肉拌馅，门帘一挑，爱梨进来了。她赶紧立起来，问爱梨怎么回来了？话一说出就后悔了，好像不愿意别人回来似的。爱梨放下包，说想把那件毛衣赶出来，忘记带了，就回来了。爱梨洗手进来包饺子，也不说赶集的事。翠台问一句，爱梨答一句。翠台勉强笑着，挑一些闲话说，爱梨倒也一递一句应和着，这倒让翠台心里有点不踏实。她心想，爱梨平时爱吃饺子的，突然赶回来，反叫她怀疑自己包饺子，是故意避着她。七上八下的翠台，偷看儿媳妇的脸色，只见她专心包饺子，长睫毛扑闪扑闪的，也看不出什么来。一时间两人都不说话，屋子里安静极了，安静就显得窘迫难堪了。这下把生性要强的翠台弄火了，却又不便跟爱梨发火。可不巧丈夫根来回家，还不知趣地问，怎么，晚上吃饺子？翠台一肚子的火，忽然间爆发了。

这些都显示付秀莹是个心思细密的作家。她写小说像水滴石穿一样，耐心地向读者输送着想呈现的东西，又不急不慢一件件地做。她要把菜都腌好、入味了才端上来，不是想一口就把读者吞进小说里去。这是厉害的本事。

但看完整部《陌生》才会顿悟到，小心思一直都照顾着外面的大故事呢。儿媳牵扯着外面折腾的丈夫，婆婆在加剧当下乡村的矛盾。三个女人的戏后面，原本是一个翻天覆地的大世界。但作家不追求戏剧化，她要一步步地写扎实。我在想，在强调写大作品的当下，付秀莹这种笔法的独特性也许还没被好好地认识到。

2018 年 11 月 11 日

读李学辉的短篇小说

新时期文学初期,贾平凹、张承志、王安忆等一批青年作家初试身手,短篇高手沈从文、孙犁和汪曾祺等的作品,最容易成为他们学习的对象。今天,作家们纷纷弃短追长,短篇小说的确已呈衰势。李学辉有长篇在手,却声称自己是"写短篇小说"的,勇气可嘉。孙犁1977年在一篇很短的文章《关于短篇小说》中说:文章长短,并不决定文章的优劣。同样的内容,用更短篇幅,能表现得很好很有力量,这是艺术能力的问题。熟练的画家,几笔就能勾出人的形体,而没有经验的人,涂抹满纸,还是不像。不晓得经常把长篇写得稀里哗啦的朋友看过这段精彩议论没有,如果看到,大概就不敢这么随便地"满纸涂抹"了吧。

近读《李学辉的小说》,发现作者确实熟知短篇之道。学辉久居甘肃武威,自然想把西域奇异的风俗拿给读者。说老实话,我喜欢他表现日常生活的小说,更甚于那些风俗小说,尽管后者也有佳作,如《麦婚》。因摆脱了风俗小说的刻意端着,日常小说似乎做到了放松自然,让他找到自己打铁淬火后继续细细拿捏的火候。《除夕》的八爷是村里支书,四十多年威信屹立不倒,但随着王翠花的姑娘等一帮青年掷下农村,他真成了唱空城计的诸葛亮。八爷身上闪现着乡村社会的沉落交替，这种人物历史命运的怪异无常。大雪纷飞的除夕之夜，他气得一时想不过来，便率村人用拖拉机把王翠花母女捉了回来。而他只为了"八口锅里煮的是土猪肉，露天场里摆的是黄河灯，午夜一到，我们要放三十六路焰火，羡慕死你们"的传统。《和薇薇去寻访孙招娣》这种题材极为常见，它好在叙述的干瘦。土窑村小学四年级女生孙招娣，是四川大学生爱心基金会的女学生薇薇的帮扶对象，薇薇原想这是一次浪漫之旅。她七折八回来到县城，被科员接着，没找洗澡间，连饭都没吃上一口，就被拖上了灰尘滚滚的乡村公共汽车。小说记述沿途荒凉景色的三言两语，近于素描，倒凸显了李学辉叙述干瘦的功夫。对孙招娣的涂抹也只几笔，然这位身处荒漠的小姑娘的命运，已含义丰富。

短篇篇幅有限，得字字经营，不敢有稍微马虎，不像长篇可以随意走马。另外需要留白，不宜把话说满说完，这就考验着作者叙事达意的功夫。一两个人物，怎么出场，跟谁接头，故事向何处发展，波折又怎么组织，直至有一个小小高潮，都须在下笔前仔细想好。孙犁《荷花淀》让战争在远处待着，镜头只对准荷叶下面的几个心思活跃的小媳妇，空间就大，还虚虚渺渺，是留白的经典例子。汪曾祺的《陈小手》写团长允大夫给太太看妇女病，过程中团长还客客气气，等他坐上大马远去，团长一枪就把大夫打了下来。临了还说，我的媳妇能让你摸吗？所以，批评家雷达曾在《小小说的容量和深度》一文中感叹："试想，要在1000多字的篇幅里，讲一个奇异新颖的故事，甚至勾画出一个独特的人物，赋予深刻的意蕴，在尺幅之间兴风作浪，何其困难！"

《鸡头》就好。从1973年起，每逢8月初，王福就去买鸡。

割下鸡头,洗得干干净净,送到巴子营的村长金成堂屋桌上,为报复二十多年前,自己偷吃金泉香喷喷的鸡头,父亲被金成斗死的冤情。王福、金成,都是短篇小说中不可多得的"独特人物"。不像学辉有些过于铺陈的作品,这篇作品极其克制,20世纪70年代农业学大寨近乎模糊的远景,人物关系,也是到了紧要处才略写一二,留白甚多。在我看来,短篇照样能写广阔的生活,表面专注身边人物,含义却远,而且要选材严、开掘深刻、结构巧妙,以一当十。王福二十多年还在报复已经七十多岁的金成,说明普通可怜人身上缺少怜悯,这处留白就比单纯的技术手段大气不少。一个小人物,怎么会有远大的思想?这都需要作者暗暗给他。相似的作品,还有《麻雀飞翔》《爷爷的爱情》和《老润》等篇。

  短篇难在留白,也难在一波三折。这就要一张一弛,松紧适度,考验作者的耐心,这耐心不光在文字控制,还在对人物内心活动的拿捏揣测。我认为《女婿》是一波三折的代表。主人公"我"出身贫寒,大学毕业后留在了县文化馆创作组,爱情事业本来大有前途,不想被刁钻的同村姑娘王菊花盯上。菊花父母都是乡村刁民,她也遗传上这种性格。以往,文化馆姑娘王芸曾与"我"眉来眼去,眼看就有进一步发展。这天,王菊花突然找上门来,对王芸声称是"我"的"女朋友"。"我"诧异地质问菊花,回答是曾接受她的鞋垫和衬领,等于接受了定情之物。"我"的母亲也来县城,指责"我""睡了别人姑娘为何要反悔"?"我"就这样被套进王菊花的圈套。这家人得寸进尺,要"我"做上门女婿,另外得瞻养岳父母生活,每月奉上三十元钱。稍有不从,岳母就到单位地上打滚儿要挟。岳父王吉家的成员也很复杂,他当年耍赖骗来余桂花,桂花男友在他们婚后找上门,王吉只得把他养在家里，条件是承认现状，但一个月得与桂花同居一次。这人留家干活儿，对外则宣称是王菊花的二爹。"我"和菊花有孩子后，王吉、余桂花、二爹和王道、王德五口来城里，说是不种地了，由女婿负担生活。后来王吉出了车祸，余桂花便讹"我"对二爹也有赡养义务。最戏剧化的一幕出现在第九节中。小舅子王德跑货运出了人命，陕西当地办案民警让"我"赔付，"我"说这事跟我无关，民警却说乡信用社王德做的担保，担保人写的就是你的名字。民警说，四条人命赔付一百多万元，"我"说赔不起。民警说没关系，可先赔十几万元，死人入土为安。"我"说一分钱也拿不出，民警则说，王德早以你的名义在银行贷款十多万元。电话那边说："你想怎么办？""我想杀了王德。""我"大吼了一声。小说就此结束。

"老赖"在这篇小说里不单是一两个独特人物，还是一组群像。"我"从与王菊花结婚，就开始与这个老赖家庭反复纠缠，反复斗争，都以失败告终。"我"这个无辜无奈的人，一旦被这个老赖家庭缠上，几十年都难以消停。故事尽管一波三折，也充满喜剧化的色彩，足见李学辉把握人物性格的不俗功夫。这种一波三折，当然来自他武威巴子营乡村的丰富生活经验。他对乡村老赖人物的熟悉程度，可以说做到了丝丝入扣，贴近真实，让人在捧腹之余，也为乡村日渐恶化的道德生存环境，不免忧心忡忡。其实，往更远的地方看，环境恶化也不是这些年的事，它自古以来就潜藏在乡村的历史长河当中。作为一个起源性的东西，它不光存在于古代，也存活于今天，虽然积极善良的力量仍然是乡村社会的主流。

写到这里，我不觉对李学辉的短篇创作有了很多的信心。在写长篇成为时尚的今天,我想告诉学辉,坚持短篇不失为一种长远之见。我不认为今天就不是短篇的时代,所谓好文章无所谓长短,只看作家给读者的成色怎样,其文学成就,也是以艺术成色为最后评价标准的。

2018 年 9 月 17 日于北京亚运村

2018 年 9 月 20 日改